倪匡傳

哈哈哈哈

寫出倪匡神髓，
一本倪匡真正的傳奇

口述 倪匡

文 江迅

倪匡 題 紀念版

永遠懷念我們的倪匡叔

倪匡叔被譽為「香港四大才子」之一，更是「天下最古靈精怪的人」，才氣橫溢，天馬行空，日書萬字，徜徉恣肆，埋首筆耕半生，為華文的世界留下海量的經典作品。

2004年初，倪匡叔宣布這輩子「寫作配額用完了」，就此封筆。這本傳記是由匡叔口述，在2014年成書，記錄了他的傳奇人生。晚年的倪匡叔深居簡出，最後一次在2019年現身香港書展對談講座，時年84歲的他，頭腦依然清晰，談笑風生，妙語連珠，「哈哈哈哈」的招牌笑聲響徹全場。惟時隔三年，突然收到倪匡叔仙逝的消息，份外感到難過。

在我們的記憶中，倪匡叔為人沒有架子，沒有脾氣，也很「尊重」出版社，是一位非常好、非常值得尊敬的作者和前輩，合作多年，我們都在「哈哈哈哈」的氣氛中度過。他認為各有各的角色，他盡了作者的本分，完成稿子，然後把它們交給出版社，便可以安心地揮揮衣袖，不再惦記；至於成書如何，就是出版社的事兒了。倪匡叔就是如此灑脫！

當年交稿之時，他不曾多說一言；臨走之前，他更沒有吩咐我們什麼，由始至終，都對我們完全信任。正因如此，我們更感責任重大，希望做得更好，不辜負倪匡叔的信任，把他的創作和智慧延續下來，讓更多讀者能夠接觸到倪匡的文字世界，讓他的氣度與精神，繼續啟迪新生一代。

倪匡叔活得透徹、豁達，淡然生死。他說過人生早有定數，劇本一早已經寫好。那就讓我們相信，我們的衛斯理，完成地球的歷險與使命後，跟外星人離開地球了。而他把永恆的文字，留在地球，留給地球的人。

倪匡叔，我們都捨不得你離開。

但你的文字，你的笑聲，你的妙語連珠，永遠存於我們心中！

003

攝於2007年香港書展，「對談：武俠小說創作」講座。
倪匡形容相中的自己「作沉思狀」，甚具神韻。

代序

此生將盡，兩句話可以概括，曰：

七八十年皓皓粼粼無為日
五六千萬炎炎詹詹荒唐言

就是那樣，絕不驚天動地，更無曲折離奇。但不知怎地，還是有些事纏繞着傳來傳去。傳久了，也必定愈來愈怪，有至於匪夷所思者。對此，一向不否認澄清解釋申辯，無非不過是茶餘飯後閒話中的一句兩句，有什麼關係！也有的據稱是「親口所述」，卻又怎地，難道不知我謀生的本行是什麼了嗎？哈哈，哈哈。

倪匡
二零一四年六月十九日　香港

又，書中圖片甚多，大都由本人提供。網上流行語：有圖有真相。不過，恐怕也是找不到什麼的：找真相，一向比找真愛更難。哈！

倪匡傳：哈哈哈哈

編者語

凡塵率性自從容　　　　　陳文威

客有為齊王畫者，齊王問曰：「畫孰最難者？」曰：「犬馬最難。」「孰最易者？」曰：「鬼魅最易。夫犬馬，人所知也，旦暮罄於前，不可類之，故難。鬼魅，無形者，不罄於前，故易之也。」《韓非子‧外儲說左上》這個故事，許多人都耳熟能詳了，說的是常見的東西要畫得人家說像，是極難的，反過來大家沒見過的鬼就容易下筆了。

想到這個故事，是欣賞江迅知難而上。倪匡，儘管說不上家喻戶曉，卻也是為許多人所熟悉的，起碼許多人是自以為知道倪匡的，這大抵是由於他創作的人物如衛斯理、原振俠都活在眾多讀者心裏，從而代入倪匡身上，分不開。2005年香港書展的一個名作家講座，題目叫：「倪匡：衛斯理回歸——與讀者座談會」，可見一斑。

謝謝江迅給我們寫出了倪匡神髓，教我們知道倪匡真正的傳奇。本書後記讓我們知道，江迅「一年前工作之餘動筆趕寫這部書，原計劃於2013年7月香港書展期間出版。6月9日因心臟突然停跳2分鐘而後昏迷36小時」，心力交瘁的主要原因，正是對深入倪匡最隱蔽處的孜孜以尋，上下求索，

遂使這位名記者不支倒下。

有幸忝為編者，率先拜讀這本作品，倍感珍惜之餘，也對倪匡的世界有了一番感受，謹以《率性》為題，詠之：

曾經絕處倍從容，跌宕人生歷險峰。筆底英雄無處覓，凡塵率性自葱蘢。

前言

哈哈哈哈，四聲，倪匡的
招牌大笑。這笑聲是一種風度，
是一種腔調，是一種人生態度。
今日年輕人流行「閃婚」，50多年前，
倪匡就「閃婚」了。50多年後的
今天，倪匡說與夫人一起，有
一種「初戀」的感覺。

一般人大笑，只是「哈哈」，兩聲，最多「哈哈哈」，
三聲。倪匡的招牌大笑，卻是「哈哈哈哈」，四聲，就是
比別人多了一兩個「哈」。這似乎更顯得他人生的豁達，
開朗，寬容，樂觀，大度，豪爽。

哈哈哈哈，用六個正能量詞描述。

倪匡是天生笑匠。讀者試閉目一想，倪匡是怎樣一副長相，
一副深深的近視眼鏡，雙眼瞇着成一條線，配上娃娃型的

笑臉，僅僅這一自然扮相，已是天生惹笑的輪廓，聲未聞笑意已生，一張嘴，以絕對不純的粵語，表述着如珠笑語。

哈哈哈哈，是一種風度，是一種腔調。哈哈哈哈，是一種人生態度。哈哈哈哈，是一種品格美德。哈哈哈哈，是一種待人處事的思維方式。中國是一個含蓄的民族，那種沒心沒肺、無憂無慮、肆無忌憚的笑開懷，很是難得，成了生活中一種「奢侈品」。

先說說倪匡與我女兒的事。

我女兒梁菲，香港芭蕾舞團前首席演員，現在澳門全球最大型水上匯演《水舞間》，主演情感浪漫的公主。那是2010年1月18日，香港明報出版社為梁菲的《飄逝的紅舞鞋》舉辦新書發布會。幾乎從不出席這類發布會的倪匡，卻出現在會場上，令不少書迷意外而雀躍。無論他坐在台上，還是坐在台下，他時時爆出「哈哈哈哈」，浸淫着會場，感染身邊人。

梁菲，在香港和內地同時推出新書《飄逝的紅舞鞋》。在這

部自傳中，梁菲敘述了她人生走過的路，描述了2009年1月突遭香港芭蕾舞團無理而粗暴解僱，人生跌到低谷。這一香港文化界「梁菲事件」，曾引發媒體廣泛報道。

新書發布會上，倪匡快人快語：「菲啊，你被解僱，我對此是幸災樂禍的。我以前不看芭蕾舞，現在你不跳芭蕾了，倒寫出一本好書，真是塞翁失馬。」「哈哈哈哈」一陣笑聲中，引來百多人的掌聲。

倪匡繼續説：「你在書中説，當一道門被關上了，上帝會為你打開另一扇窗的。世事就是這樣，人生的那道希望之光，一定會重新出現的。你離開了一片小天地，如今又出書，又在香港舞蹈團主演《雪山飛狐》，還主演舞台劇《江青和她的丈夫們》，天地不是更廣闊了嗎？」説完，又是「哈哈哈哈」。

倪匡的哈哈哈哈，尚在不大的會場迴盪，他便接着説：「每個人的命運都是劇本，只是你看不到下一章而已。這就是『不如意事常八九，足下有路總莫愁』啊。你書中説，遭無

理解催，感到心痛，心痛不是真痛，不去想，就不會痛了。真正的痛，是人家拿刀子在你身上捅了一下，才會痛。這種痛，把『必理痛』或『散利痛』藥丸當花生吃，即能醫好。」

倪匡接着又說：「書只分兩種：好看的，和不好看的。現在好書不多了，我看書向來很苛刻，但對這本書卻放不下手。」

他笑着，突然轉過臉，幽默了梁菲一下，「我懷疑這本書是否出自你自己之手」，說完，他「哈哈哈哈」，仰天大笑。

梁菲：「我保證書裏的每一句話都出自我手。不過，據我所知，署你大名的許多書卻不是你寫的。」

梁菲反過來幽他一默。她指的是幾十種冒「倪匡」之名寫的書。

倪匡：「我當然相信你。」他接着又俏皮地問，「以中國舞演繹金庸武俠經典《雪山飛狐》，你們跳舞的是否都認真閱讀原著」，「《雪山飛狐》中最溫柔的形象是誰？」說完，他又是一陣「哈哈哈哈」，只是添了一個擺手的動作。

《雪山飛狐》的影視劇版本，至少有七八個版本。在各個

版本中，程靈素都是溫柔、美麗的形象。倪匡突兀問「溫柔的女人」，在座的可能不知，他喜歡溫柔的女人，最享受女人的溫柔。

每次「哈哈哈哈」，都伴隨着一陣陣聽眾掌聲。「哈哈哈哈」，是倪匡笑對人生。他這一生，就是在「哈哈哈哈」聲中走過來的。沒有絲毫悲情，也沒有絲毫痛苦。時人不識余心樂，將謂偷閒學少年。79歲的倪匡，還像少年般：哈哈哈哈……

倪匡的靈魂，是沒有皺紋的。當倪匡往事邊緣泛黃，最終成為這本書的時候，我不敢輕易翻開它的封皮，深怕它包裹着一個剪輯錯了的故事。

為了寫倪匡的往事，5月的一天下午，與明報出版社總經理蘇惠良結伴，去倪匡港島寓所。我看到書櫃裏豎着一張青春玉女照片，「巧笑倩兮，美目盼兮」。我起身移步，站在書櫃前端詳：簡易的相架中，她側身轉過臉，低頭凝思，黑白主調，唯獨手指中的玫瑰鮮紅奪眼。估計這張照片攝於上世紀六十年代。照片中的她，髮型、衣著，透出一股瓊瑤小說

裏飄來的女主人公的韻味，左眼裏有唐詩，右眼裏有宋詞，唇角鼻尖有一絲淡淡的古典美。

我不敢開口就說，玉照中的她，就是嫂夫人。我故意拖長音：「她是——」

坐着的倪匡，用變腔走調的滬語說：「我老婆，漂亮吧。」哈哈哈哈四聲後，接着說：與嫂夫人相識時，他23歲。相識40天便同居，4個月便「閃婚」。

「閃婚？」我脫口而出。

倪匡一陣大笑：「哈哈哈哈，現在小青年時興什麼『閃婚』。50多年前，我們已經『閃婚』啦，哈哈哈哈。」倪匡的朗笑，原本就極具感染力。此刻，更是快意，更是酣暢。

嫂夫人，李果珍。「當年她聰明，漂亮，又溫柔。」女性的溫柔，溫柔的女性，正是倪匡最愛。他說過：「溫柔，實在是一個非常好聽的名詞，設想一個姓溫的女孩子，單名柔，真是『嗲』之極矣。」

「嗲」，上海女人的銳利武器，女人一嗲，平添三分妖嬈，附加值陡然上升。嗲，是當年上海女人的無形資產，現在已經很難看到了。嗲，被「不三不四」了，現在的女人要麼嗲不來，要麼嗲得風騷而淫蕩，這種妖魔化的嗲法，不要說本身就比較細氣的上海男人，就是粗獷的山東大漢也吃不消的，與當年倪匡這樣的上海男人所需求的嗲的氣質、嗲的姿勢、嗲的聲音、嗲的禮儀，完全是兩碼事。

倪匡說，女性美之中，溫柔佔極重的比例。溫柔的女性令男人如沐春風；不溫柔的女人，會令男人如坐針氈。女性溫柔，不僅在於言語、神態、動作，真正性格溫柔的女性，自然而然，處處流露出一股溫柔的體態，使與之相對時，如飲醇醪欲醉，那種醉意，比酒醉的感覺更妙。所以，若有溫柔鄉可住，何必還去找別的地方尋歡樂。

倪匡繼續誇着夫人當年的溫柔，接着說，「不過，當年的我也一臉英俊哦。我們認識40天便同居了，4個月便結婚了，那是1959年。60年過去了，都七八十歲了，今天我與她一起，卻有一種初戀的感覺。」

前不久，夫人患病，10分鐘見不到倪匡，情緒就不好。於是，倪匡形影不離。每天晚上，夫人臨睡前，都要聽倪匡講故事，她今天聽的，到明天就忘了，倪匡卻不厭其煩一遍一遍講。夫人躺着，倪匡坐在牀沿，一隻手輕輕撫摸着夫人的手……倪匡事後說：「這種時候，我真是有那種初戀的感覺。」

初戀感覺？！我聽了一愣。腦海空白了5秒，旋即渾身震撼。初戀的感覺是一生中最美妙的。初戀中的人，會為對方的一顰一笑或擔憂或興奮；為彼此的一個眼神或陶醉或感傷或神情恍惚。那情感是至真的，卻又是至純的，最熱烈的表示也就是彼此拉一拉手。情感，愛情，都不是一加一的公式。心靈自有它的秘訣。27年前，在台北一家教堂受洗的倪匡，一生遊戲。這心有靈犀的秘訣無處可尋，它只藏在上帝的唇齒之間，而上帝又對他眼皮底下的人生遊戲守口如瓶。

想起讀過的一句詩：多少人愛慕你年青時的容顏，但又有誰愛你衰老的臉上痛苦的皺紋。我這人始終相信超越世俗的真愛。

「我能用手機拍下她嗎?」面對嫂夫人的玉照,我側過臉問。

「儘管拍,儘管拍。哈哈哈哈。」

我拍下了嫂夫人玉照,回到倪匡身邊,只見他在一疊泛黃的舊照片中,細細尋覓着。好一會兒,他挑出一張他半裸坐在海邊沙灘上的照片。照片像郵票那麼大,是當年流行的135黑白照片。

「還記得,這張照片攝於1957年,我剛到香港三四個月,在長洲拍的。」照片中的他,英俊瀟灑,風流狂少,用現代話說,是「酷」,是「炫」。一條泳褲,胸肌發達,雖看不到那腹肌,但肱二頭肌還相當清晰。可謂一樹梨花壓海棠。在女人眼中,他站起來一根柱,倒下是一座橋。

一項最新網上投票結果顯示,最受女性關注的男性身體部位,竟然是胸部,甚至超過容貌、手臂、臀部、微笑及頭髮。擁有結實的肱二頭肌,應該是男人夢想,因為它是力量的象徵,而緊實的手臂,也能給女性帶來安全感。

「腹肌是一個男人心中永遠的痛，你們看，當年六塊肌肉在身，如今只剩下脂肪堆積的啤酒肚了，哈哈哈哈。」倪匡感嘆。

他請蘇總設法將這張沙灘肉照放大。看來，倪匡依然留戀年輕時的自己。

這張黑白原照實在太小，要放大不易。10天後，5月29日下午，我與蘇總再度去倪匡家。翌日是他生日，我要去台北公幹，於是提前一天去見他賀壽。提前兩天與倪匡電話相約，接通電話，他開口就問，那張照片放大了嗎？這天下午，蘇總帶去放大的那張沙灘肉照，也只是放大四五倍而已。由豆腐乾大小放大到八達通卡大小而已。

倪匡一見到我們，就問那張照片。他從蘇總手中接過照片，端詳了一番，一副滿足感。他微笑着，起身，挪步至書櫃，拉開玻璃門，將自己這張泳灘半裸照，緊貼着倪太美女玉照的右下角。他自言自語說：「以後誰見了倪太這張照片，誇她漂亮，我當時也英俊嘛。完全相配哦。哈哈哈哈。」

哈哈哈哈，依然不朽。

他這張長洲泳灘半裸照片，是當年他從大陸成功逃亡香港後拍攝的第一張照片。我依稀感覺，除了「哈哈哈哈」的自我調侃，他內心潛藏着對香港和自己人生轉折點的眷戀。

2013年6月7日

018

1957年，老父帶倪匡去長洲游泳。彼時年輕力壯，身材不俗，留下珍貴「艷照」，保存至今。

父母婚後五十年左右拍攝的照片。

1967年，和老六倪亦舒（左二）、老五倪亦平（右二）及老七倪亦靖（右一），
攝於老父在何文田的家。

倪匡傳：哈哈哈哈

目錄

● 目錄

第三章

1

倪匡很少寫愛情小說，他說他對愛情沒有什麼愛得死去活來的折騰人的經歷。倪匡說：50年前他未婚同居，相識40天就同居，同居4個月便閃婚，算是時髦的了。倪匡說：要活得逍遙自在，有兩種人的話不可以聽，一是醫生，二是太太。他自認女人最吸引他的，「當然是性那方面」，他自稱「對愛情很專一，思想、靈魂專一，只是身體不專一而已」。

2

成龍「紅杏出牆」，倪匡感嘆，都是一夫一妻制作的孽。倪匡說：「說什麼男女關係不正常，真笑死人。男女的關係，哪裏有什麼正常不正常的，一般人認為的正常，是多數人依照一個方式去做罷了。少數人呢，只要他們自己喜歡，就是正常，不必少數服從多數。將來用什麼方式戀愛，今天的我們沒辦法想像，也許我們看了會暈過去，就像1000年前的人看到我們今天的相愛，也會昏過去一樣。」

3

倪匡說：「做人最好就是醉生夢死。醉生，每天喝醉；夢死，在做夢的時候死去。」他患上「酒精中毒」的酒癮。治好他酒癮的卻是上帝。一次20分鐘的禱告，令他擺脫酒癮的折磨。在香港影壇，倪匡飾演的都是「茄喱啡」，第一個角色正是喝醉酒的嫖客。其實，倪匡對香港電影的貢獻，不是這些角色，他創作開拍的電影有461部。

目錄

第五章

1

2006年7月香港書展,倪匡受邀演講。這是他返回香港後第一次在公眾場合登台亮相。香港文壇都知道,你找蔡瀾參與什麼活動,只要說倪匡已經答允出席,蔡瀾必定二話不說。同理,你先找倪匡,只要說蔡瀾已經答應,倪匡一聽蔡瀾同意,也就不會拒絕。不過,他們一旦見面溝通,才發現自己上當了,他和他,誰都沒有先答應,都是因為誤以為聽說一方答應了,另一方就糊裏糊塗答應了。

316

2

倪匡: 我離開香港的時候才50多歲,現在已經70歲出頭了。我覺得世界上一切事情基本上都與我無關了。我現在對外界的事情完全不關心,無論是政治混亂也好,還是有沒有選舉權也好,這一切對我來說都沒有關係。所以,我完全不管了,放下了。我16歲去當公安,到23歲逃離大陸。那7年的情形,讓我知道人是如何在一個環境中生活,人可以委屈、卑微到一個什麼程度。人應該有生存的基本權利。這個基本權利是不可以被剝奪的。

328

3

倪匡: 武俠小說創作經歷了四個高峰期。俠的意義在中國很久遠了。在唐宋傳奇有很多講道俠的定義,俠的定義應該是維護他心目中的正義。但如果正義錯了就很麻煩。你老講為人民服務,你有沒有想過人民要不要你服務。人民有他自己的選擇。武俠小說的俠的行為,在實際社會是不存在的。這是一種虛擬、想像的行為,人在這種虛擬行為中,那些不正義的事情得到伸張和懲罰。這種行為在現實社會絕少存在。

339

倪匡傳:哈哈哈哈

1956年，出差到哈爾濱，「借頭借路去玩」，攝於哈爾濱兆麟公園。

第一章

題

第一章

1

香港有個特殊群體。一大批商界大
腕、影視明星、文化名流，如曾憲梓、黎
智英、羅文、張子強、倪匡⋯⋯這些名人有
一個共同名字，即「逃港者」。他們在逃港中
悲歡生死的傳奇故事，鮮有香港人願意觸碰
提及，以至在歷史上黯然無聲。倪匡的偷
渡，既經歷陸路，又經歷水路，逃亡
的起點，可以說始於內蒙古。

時下，2013年，打開任何一天的香港主流媒體報紙，隨時
可以讀到大標題用「中港矛盾」四字。「中國」與「香港」
的矛盾，哦，難道「香港」不屬於「中國」？「中港」已成
香港人習慣用語，難怪內地有輿論說，香港人潛意識裏，就
有「去中國化」，甚至「港獨」意識。

內地與香港是隔不開的。只說一點：兩地之間出現了新

群體，香港人移居內地的「北漂」和內地人移居香港的
「港漂」。香港回歸後，透過輸入專才計劃、投資移民、
求學就業、赴港產子，形成了大量廣義「港漂」者，截
止2011年，內地來港定居未滿7年的新移民人數達6.3萬，
20萬「雙非」港產寶寶都未計算在內。

上世紀「抗戰時期」，58萬人移民香港，帶來資金及中原
文化，當時香港人口僅有99萬。1949年前後，即中共執政
前後，富裕階層、知識分子，還有「等待時機」反攻內地的
國民黨軍隊，130萬人為香港帶來資金、技術、勞工。

1980年，香港506萬人；1950年香港232萬人。人口急速
膨脹。這30年間，增加了近300萬人。其中，除去批准的內
地移民香港的每天50人（五六十年代），再除去自然增長
的，即香港人生育的，這近300萬人中間，至少有100萬人，
是從內地逃亡香港的。每一個歷史時期，都有一股偷渡潮。

這一群體，被稱為「逃港者」。

香港是座移民城市。香港，這顆「東方之珠」，居住着一大批商界大腕、影視明星、文化名流，如金利來集團創始人曾憲梓，如傳媒大鱷黎智英，如期貨教父劉夢熊，如樂壇元老羅文，如香港職工盟創會主席劉千石，如已故犯罪集團首腦「大富豪」張子強，如文壇巨匠倪匡，還有林行止、李鵬飛、盧海鵬……或許很少人知道，這些名人都有一個共同名字，即「逃港者」。有統計顯示，上世紀末，香港排名前100位的富豪中，有40多人是改革開放前的逃港者。

這波逃港偷渡潮，始於上世紀中共執政後的五十年代，至1997年香港回歸前夕，內地人冒九死一生的風險，往當時英屬殖民統治的香港偷渡。逃港者來自內地各個角落，主要是沿海廣東、福建，最集中的是惠陽、汕頭、佛山地區以及廣州市。逃港者主要是年輕人。饑荒水災、政治批鬥，因此，民不聊生而外逃，當然也有相當數量的人是嚮往「遍地是黃金」的香港生活。中共執政，一批資本家外逃，部份來到香港。隨之而來是沒完沒了的政治運動，令逃港潮從未止息。香港有200多萬個家庭，查一查家族史，幾乎每一個家庭都

有偷渡來港的親友。可以說，沒有當年的偷渡潮，就沒有今天的香港。

偷渡中，被鯊魚咬死，攀爬中跌死，跳火車時慘死，大海泅渡時淹死，被邊防槍擊而死……40年間，大約250萬人成功越過邊防線，幸運抵達香港。1962年的大逃港，日均5000人「大軍南下」，短短一個月，便南逃15萬人。

據資料記載，逃港分為陸路和水路兩種途徑。陸路按路線分有東線、中線、西線之別。深圳以西逃港者，往往會選擇西線，即從蛇口、紅樹林一帶游過深圳灣，順利的話，僅需一個多小時，就能游到香港新界西北部元朗；中線逃港者，大多持有縣級政府的證明（包括假證明），乘坐火車、汽車進入深圳，夜間伺機在羅湖一帶跨越深圳河，翻過鐵絲網進入香港。東線多為深圳以北及以東縣市，即惠陽地區，梅縣地區及汕頭地區逃港者，從惠州出發，徒步穿過惠東、寶安，攀越梧桐山進入英界。水路則是由廣東沿海地區乘漁船進入香港水域登陸。

倪匡的偷渡，既經歷陸路，又經歷水路。

這一龐大人群，在逃港中的「置之死地而後生」的種種傳奇故事，人生命運的悲歡生死，鮮有香港人願意觸碰提及，以至在歷史上黯然無聲。

倪匡逃亡的起點，始於上海，也可以説始於內蒙古。

説起內蒙古，便是「大漠孤煙直，長河落日圓」的景致。

那是1957年。內蒙古自治區興安盟紮賚特旗保安沼地區。

這一地區，東緊靠努文木仁，西與好力堡毗鄰，南與黑龍江省泰來縣交界，北為綽爾河環抱，隔岸與黑龍江省龍江縣相望。保安沼地區由保安沼、烏塔其、烏蘭三地構成，總面積達227平方公里，當下總人口3萬人。保安沼地區政治、經濟、文化中心烏塔其，總體上説，也是民警職工居住生活中心。上世紀五十年代，那裏只是監獄、關押罪犯的勞改農場。

烏塔其，內蒙古自治區監獄局東部分局所在地。今天的保安

沼地區，已經發展成一個相當完善的小社會，自治區監獄局的直屬單位有6個：監獄局東部分局、保安沼監獄、烏塔其監獄、烏蘭監獄、保安沼工農貿有限責任公司、第二醫院。

保安沼監獄，國家司法機關，是關押罪犯的實體單位。它的前身，是1953年4月成立的內蒙古自治區第四勞改管理大隊。兩年多後，倪匡來到這裏。

外傳倪匡當過兵，這是誤傳，需要澄清。其實，他這輩子從來沒有當過兵。他穿過制服，但上面有「公安」兩字。那是公安部，第四處，即勞改處。

60年來，內蒙古自治區第四勞改管理大隊，經歷了多番沿襲和變革，先後易名：保安沼機耕農場，內蒙古自治區第三勞改管教支隊。保安沼機耕農場組建5個分場，保安沼地區為2分場，即內蒙古自治區第10勞改管教支隊，對外稱內蒙古自治區地方國營保安沼機耕農場，後根據內蒙古公安廳黨組決定，重新擬建保安沼、烏蘭、烏塔其三個農場。保安沼組建後對外稱內蒙古自治區保安沼農牧場；對內稱內蒙古自治區

保安沼勞改管教支隊。不久後，保安沼勞改管教支隊又更名
為內蒙古第一勞改管教支隊，對外稱內蒙古自治區保安沼農
牧場。目前，內蒙古自治區司法廳又將第一勞改管教支隊，
更名為內蒙古自治區保安沼監獄。

倪匡是從江蘇省公安廳調來保安沼的公安幹部，專職管理勞
改農場的犯人。當時的保安沼是第三勞改管教支隊所在地。
他20歲來內蒙古，22歲離開。當時各地勞改農場，屬於公安
部系統管轄。

許多人分不清「勞改」與「勞教」的區別。勞改是勞動改
造的簡稱，是監獄對判處有期徒刑、無期徒刑、死刑緩期
兩年執行的罪犯，強制勞動而實施改造的手段，其依據是
《刑法》。勞教是勞動教養的簡稱，勞動，教育，培養，是
一種行政處罰，是有期限剝奪人身自由的處罰措施，勞教
並非依據法律條例，公安機關毋須經法庭審訊定罪，即可將
疑犯投入勞教場所，鑒於勞教的法理缺陷和被廣泛濫用的現
實，時下，廢除勞教制度已成正義呼聲。

在勞改農場，勞動力都是勞改犯人。這樣的農場，編制就顯得特別，類似軍隊。倪匡所在的支隊，隊長是上級幹部張西歧兼任的，副隊長巴圖是蒙古族人，巴圖在蒙語中是英雄的意思，他是這個農場的功勳人物，是最初建場主要負責人，在以後的農場變革中，他歷任副場長、場長、政委、書記。當時，巴圖養着一匹小青馬。

這匹小青馬，是輕型馬，頭高昂，臉瘦削，耳朵緊湊短小。耳朵小就肝小，肝小的馬，善於領會人的意圖。小青馬鼻大眼大。鼻大則肺大，肺大的馬肺活量必大，善於奔跑。眼大則心大，心大的馬，勇猛而不易受驚。小青馬的四蹄，像木椿一樣穩健結實，口色鮮紅潤澤，胸脯直挺而前肌發達，頸頭骨大，頸頂的鬃毛濃密柔順而向前額披下。

小青馬在外行人看來，似乎不起眼，性子卻奇烈無比，唯獨大隊長能駕馭。牠跑得極快，曾與火車比賽，與火車同時出發，沿鐵路奔馳。火車初始很慢，小青馬一陣風似的跑在前面，當然，火車愈駛愈快，結果，7分鐘以後，火車才趕上小青馬。大隊長對牠愛如性命。

在內蒙古生活，離不開馬。倪匡第一次騎馬，是當年從江蘇去內蒙古的路上。一路上押着勞改犯，坐火車到黑龍江泰來縣，從泰來縣去內蒙古自治區紮賚特旗，則是原始交通工具——騎馬。這是公安幹部的待遇，勞改犯人則是步行，行程3天。跋涉在雪雁悲風的互古荒漠，孤煙落日，滾滾黃沙。生平第一次騎馬，倪匡特別興奮。

036

蒙古馬一般個子不高，上馬背容易，只是馬鞍少，大多在馬背上鋪一條舊氈子。一路快慢馳騁，倪匡得意非凡，眷戀在馬背上，不願下馬。是夜，投宿，他一跳下馬，雙腳站不穩，才發現不對，屁股痛得如同刀刺針札似的，兩條大腿內側全磨出血，寸步難移。南方來的10多個幹警都一樣受傷，北方大漢見狀，哈哈大笑。倪匡他們狼狽不堪，要由人扶持才能走路。翌日，不再見騎在馬背上顧盼雄姿，他們全都成了哼哼唧唧的傷者，受北方大漢嘲弄。

這是一次十分難堪的經歷，但是人，什麼都能鍛煉成鋼。想當年，他第一次穿草鞋，還不是一天下來，腳上多了10多個血泡？第一次抓鋤頭，一天下來，掌上的血泡也是一層疊

一層。騎馬令屁股磨破，又算什麼，忍痛日日騎，不到半月，也就沒事了。

在內蒙，倪匡離不開馬了。一次，忽然來了一群馬，有86匹，也不知牠們來自哪兒，農場收留了這群馬。倪匡和農場人飼養了兩個多月。有一天，幾個牧民找上門來，說這群馬是他們的，他們說馬身上的印記可以作證。倪匡拉來一匹馬，果然印記清晰，馬歸原主，理所當然。倪匡說：「你們把馬拉回去吧，不過，我們代為飼養了三個月，計算草料費是幾百元（人民幣）。」牧民一聽說要給幾百元，幾番商議後，寧願不要馬了。在內蒙古，馬不值錢，貴的是馬鞍，若有一副馬鞍，便神氣非凡。

說了那麼多馬，正是因為倪匡的出逃，最初依靠的正是一匹馬。

在內蒙古，說起動物，接觸最多的，除了馬，就是狼。倪匡外逃，正與狼有關。

一次，倪匡用自製的陷阱，捕獲一條母狼。他將母狼關進大鐵籠裏。狼遭陷阱中的夾子夾住時，夾斷一條腿，行動

不便，卻兇獰如故。倪匡忽發奇想，將一條雄性狼狗放進鐵籠，想培育真正的狼狗，結果居然成功，母狼生下4條小狼狗。

交配的狼狗，原本已有狼的血統，再加上一半狼性，這4條小狼狗極為兇狠，不過，牠們依然有狗性，從來不會噬咬飼養牠們的人，但一見外來人，便狂吠着撲上去就咬。支隊上下都喜歡，也相安無事。

那天，總隊書記來支隊視察。這個書記是漢人，是退伍軍人，當過營長，平時以「老子不識字」為傲，大凡求人寫家書時，他便自換一副嘴臉。他來支隊視察，視察完要離開，倪匡與幹警們隨行送別。書記走過關狼狗的屋子，不知怎麼就隨意拉開房門，只聽到四隻小狼狗狂吠。倪匡在書記背後，還沒看明白發生什麼事，只聽書記一聲慘叫，他手背上鮮血直冒，一條厚厚的棉褲，也被咬出幾團棉花。

書記臨危不亂，習慣性反應，隨即拔出腰間手槍，砰砰砰砰，幾下震天槍聲，四隻小狼狗，無一倖免。書記火爆，轉

身厲聲問：是哪個畜生在營房養的野獸？支隊幹部個個噤若寒蟬。槍擊硝煙瀰散，四周空氣凝重。倪匡低着頭，硬着頭皮站出來承認是自己養的。

書記狠狠看了一眼倪匡，也沒再說什麼。事後表明，此事在書記心眼裏，懷恨是埋下了。

倪匡也心有歉意，養的狼狗傷了人，狗主人自然有責任。

內蒙草原上狼特多，第一次夜裏聽到狼嗥，倪匡驚恐莫名，時間長了，他對狼的習性知之不少。人多聚居，狼很少闖進來，若獨自在野外，就要小心，遇上肚子飽的，問題還不大，遇上肚子餓的狼，那就險上加險。在雪地上，飽狼的腳印是直的，餓狼的腳印，呈「之」字形。人在內蒙的荒野生存，必須能分辨，才能趨吉避凶，保住性命。

另一次，也與狼有關。支隊接到上級通知，各單位選派幹警去總隊參加批評會。中共執政下，這樣的批評與自我批評會，已是家常便飯。倪匡被選上去總隊部開會。這是他第一次去總隊部。地處草原荒漠中的總隊部，一幢漂亮建築物，

紅磚，木柱，八角形。倪匡感到不可思議，荒原中的大手筆。

開會了，由那位槍擊四隻小狼狗的書記主持，挨批評的是一名測量員。會議上，書記宣布了他的罪名：那天，測量員獨自趕路，無意中感覺有個身影在他背後遊晃。他回頭，嚇了一跳，一條猙獰灰狼始終跟着他，他走得快，狼也快；他走得慢，狼也慢。灰狼一時並沒攻擊他。

倪匡在會場群眾席上坐着，聽書記講話，心想：那狼肯定當時不餓，卻又不願放棄難得的可飽肚的食物，於是緊緊跟隨着，等待時機攻擊。

身處草原曠野，測量員內心慌亂，時不時回頭看那緊隨的惡狼。他忽然停下，轉身，用手中皮包裹的測量用的水準儀指着灰狼。四肢修長的灰狼，站立不動，也並不進攻，卻盯視着測量員。人與狼，默默對峙。誰也不願後退半步。測量員慌亂中，揮舞水準儀，驅趕灰狼，竟砸中灰狼身軀，灰狼慘叫一聲，匆匆逃去。

糟糕的是，測量員揮動水準儀，不慎與地上砂石碰撞而毀壞

了。回到大隊部，書記、隊長震怒，認為這是惡意破壞國家財產。無疑是典型的上綱上線，在當時的中國，這很正常。

現在的年輕人或許不懂什麼「上綱上線」了。作為思想方法、話語方式，它不始於文革，卻在文革時期集中體現。中共執政初期，上綱上線的習慣性思維已經形成。「綱」和「線」，就是階級、專政，就是階級鬥爭，就是社會主義與資本主義誰勝誰負的大是大非。凡看待人和事物，不能就事論事，而要從階級鬥爭、路線鬥爭的高度，「透過現象看本質」，把一般問題視為原則問題看待，使其顯現出特別的嚴重性。

數十人的批評會上，人們爭先恐後發言。測量員誠惶誠恐，不時低頭認錯。批評會步入高潮，人們紛紛指責他思想和立場有嚴重問題，是對黨和國家不滿而宣泄反動情緒。平時，倪匡不管在什麼場合都好動好說話，此時聽了「上綱上線」的批判，忍不住發出笑聲。舉座愕然，書記大怒。書記循笑聲看到是倪匡在發笑：這小子不就是那天養四條小狼狗傷自己手的那人？書記按下怒火，厲聲責問：「你笑什麼？這是

嚴肅的政治鬥爭。」

倪匡站了起來，一板一眼說：「你們要他怎樣呢？他沒有一點不對呀，要是他不把狼趕走，被狼叼走，茫茫草原，水準儀也找不回來，現在水準儀雖然壞了，還可以修嘛。你們如此批評他，根本沒道理。」

倪匡從小生性活潑，年青時，意識單純，政治上近乎糊塗。他最不喜歡受約束，不愛爭勝負，最討厭正兒八經，也絕不會道貌岸然。這些日子來，他漸漸意識到共產黨的種種不合理的行為，跟宣傳的自由、民主、平等完全不是一回事，事無大小要匯報思想、開會檢討，倪匡對此愈來愈失望，經常忍不住跟上級爭拗。上級的話下級完全不能違反，這與他的性情格格不入。

早幾年，來內蒙古前，倪匡還在江蘇參加土地改革、鬥地主。一次有個地主被判死刑，領導要倪匡寫判決書。倪匡問死刑原因這一欄該怎麼寫，領導說寫上「地主」就可以了。倪匡說「地主」不是原因，應該說明地主犯了什麼不法行

為，例如強姦婦女等。領導說，你不用管那麼多，叫你寫什麼就寫什麼。倪匡忍不住說，槍斃一個人竟然沒有原因，這讓人怎麼接受。後來，就為這事，差點要開會批鬥他。

此時，批評會矛頭，陡然轉向。會上批評不再提水準儀和測量員，而劈頭蓋腦衝着倪匡而來，他稀裏糊塗被扣上「在嚴肅場合竟然縱笑」的罪名，不到15分鐘，有了更具體的結論：「批評和自我批評是黨的生命線，嘲笑批評和自我批評，就是反對黨的生命線，就是反對黨的政策，就是反黨。」

如此「上綱上線」，倪匡自然不賣賬，據理力爭，一一反駁。書記官大，卻不善口才，幾番爭辯，書記竟然結結巴巴，聲望受損，記恨於心。

這兩次與狼有關的事件，給倪匡留下禍根。

2

兩次與狼有關的事件，給倪匡留下禍根。一次受大風雪封阻，煤運不到，燃料中斷，倪匡拆了一座簡陋小木橋，作木柴燒了幾天而渡過難關。這卻成了政治事件，被上綱上線，倪匡揹上一大罪名：「破壞交通」就是「反革命罪行」，「是早有預謀的反革命行為」。倪匡被隔離去10里方圓沒人煙的一間小屋子裏。

北風捲地白草折，胡天八月即飛雪。倪匡去內蒙古之前，就常常聽得到這樣的笑話：在關外，小便要帶棍子，因為尿一撒出來就變成了冰，不帶棍子敲是不行的。倪匡在內蒙古一想起以前聽到的這笑話，就邊樂邊搖頭：小便要帶棍子，自然比較誇張，而且也沒有什麼人，會在攝氏零下三四十度的低溫下，冒寒風而小便，若真有這樣的人，只怕一尿未完，那話兒已凍僵了。

不過，倪匡說，在嚴寒的日子裏，吐一口痰，痰落在冰上之前，已經凍結，所以一到冰上，就散裂成為冰屑，這是千真萬確的經歷。沸水潑出去，看它流着流着就結成了冰，水流的形狀還在。洗了衣服晾出去，以為乾了，一摺，竟然斷成兩截，原來不是乾了，而是冰硬了。

一個南方人眼裏，北方有雪的冬天格外迷人。過了一個冬天，新鮮的感覺消逝，會覺得酷冬難以忍受。在這樣的嚴寒天氣下，人的活動，自然也減到最低程度。倪匡所在農場，北緯49度，一年365天，只有98天到100天「無霜期」，其餘，氣溫皆可降到攝氏零度以下。

蒙古人住蒙古包，在大批南方人來之前，農場當局為照顧南方來的幹部，蓋了一批房子，房子的禦寒設備不錯，牆是夾心的，可以生火，把牆燒熱，屋子之中有燒煤的爐子，還有坑。在室內，可以穿單衣，比起華東地區江蘇省北部來，好多了。倪匡說，在蘇北，一個冬天腳未曾熱過。在內蒙，只要不出去，或出去的時間短些，一進屋子，總是暖的。

好動的倪匡，自然不肯自閉在屋子裏，用現在的流行話説，不是「宅男」，常想出去走走。他全副「武裝」，只露眼睛在外，足登一種用毛氈製的氈靴，內塞以烏拉草或馬鬃，保溫作用極強。老羊皮大衣，狐皮帽子，戴護耳、口罩。有一件最麻煩的事是無法戴眼鏡，戴了眼鏡外出，不到一分鐘，鏡片上便是厚厚一層冰，什麼也看不見，要鏡片不結冰，那就不能戴口罩，只怕連鼻子都會凍掉，世事兩難全。雖然穿了那麼多，可是在外面時間久了，也一樣遍體生寒，雙臂都凍至麻木，進屋子後，還要遠離火爐，不能立時生火，等自然溫度使身子發暖，才能恢復活動。一次，在廚房，倪匡看見炊事員拿着一把斧頭，用力劈砍一塊像花崗石般的東西，不知他在幹什麼，走近看仔細，才發現原來那是一塊豆腐，凍成了像石頭一樣。

有燃料時溫暖如春的屋子，給倪匡惹了一場大禍。

這種屋子，有燃料時固然好，一旦沒有燃料，就和冰窖差不多。一次，受大風雪封阻，煤運不到，燃料中斷，不到24小時，本來身貼上去暖烘烘的牆上，出現了厚厚的冰花。炕

還勉強可用玉米芯子燒熱，但就是盤腿坐在炕上，也冷得發抖。總不能一直躺在炕上不動。

炕上熱，卻不能提高房間內的溫度，熱水瓶沸騰水灌進去，塞上瓶塞，翌日，整瓶水都結成冰，把瓶塞也頂了出來。實在冷得無法可施，倪匡便外出尋覓燃料。草原上，草是遍地都有，卻不經燒，無濟於事。倪匡想起不遠處有一道小河，河上有一道簡陋小木橋，是粗糙地隨意搭成的，河水早已凍到了底，過河可以不必用橋。於是，倪匡帶了工具，找了幾個人，把那座木橋拆了，化成一堆木柴，搬了回來，燒了三四天。煤運來了，就此渡過難關。

本來，認為那是小事一樁，來年春暖花開，再去砍幾株樹，把橋搭起來就是了，誰知總隊部知道後，這就上綱上線變成政治事件。倪匡被上綱上線，揹上一大罪名：「破壞交通」就是「反革命罪行」。批評會、批判會、批鬥會，逐級升級。

在一次批鬥會上，那個總隊書記竟然拉起衣袖，展示手背上的疤痕，大聲宣布：「此人早就對革命同志懷有仇恨，故意

蓄養兇狼，殘害革命同志。他奶奶的，在戰場上，日本鬼子國民黨，都沒能傷了我，我是給他養的狼狗咬傷的。我是黨員，咬我等於咬黨，這是早有預謀的反革命行為！」會場上群情激憤，附和者一大群，倪匡只好唯唯諾諾，低頭彎腰。會後，寫上幾萬字檢討，承認自己「潛存的反革命思想」。

那天晚上，倪匡沒再聽到遠處的情韻悠長的馬頭琴聲了。他有點納悶。馬頭琴被稱為「草原上的鋼琴」。如果用一個字形容，是「真」；用兩個字形容，是「天籟」；用三個字形容，是「原生態」。馬頭琴聲，音質蒼涼遼闊、浩瀚深邃，總給倪匡遐想……

北方的風，刮痛了倪匡尚算年輕的肌膚，刮涼了倪匡已經破碎的心靈。

不久，倪匡被隔離去10里方圓沒人煙的一間小屋子裏。農場成立了一個工作小組，徹查他家庭有沒有反革命歷史背景。這是中共的家傳手法。

一次，倪匡對工作小組幾個成員說：「我不到16歲就參加

革命工作了，不可能是三青團員（三民主義青年團員），也不可能是國民黨員。你們去上海外調沒用，別浪費國家財產了。」審查了3個月，毫無進展。每隔兩星期，農場大隊部送一次糧食來給倪匡，帶回去幾萬字「檢討書」。每次來人，見倪匡居然還活着，總會訝異不解。

人生的無奈與神奇，可愛與悲哀，歡樂與痛苦都輕揭帷幕，靈魂與靈魂坦然相視。

倪匡早早就踏進社會，看到共產黨的種種不合理制度和愚蠢行為，他接觸到的官員，大都愚昧無知。共產黨有非常完整的統治制度，人在制度內只會變成完全服從的機械，自己毫無主意。倪匡天性好自由，但這個體制卻事無大小都要約束他，天天思想匯報、開會檢討，他實在受不了。他經常與領導爭辯，領導對他由不滿到羅織他的罪名：「破壞交通」、「對共產黨員恨之入骨，因此放狼狗咬共產黨員」……

倪匡內心很清楚，他與這個體制始終格格不入。如今，被審查，等審判。倪匡在逆境中，從肉體到靈魂都像死了一樣。

要好好活着，倪匡常常自我喃喃絮語。好好活着，即使一切都失去了意義而仍然活着，這就是最大的意義。農場當局奇怪的是，如此惡劣的環境下，倪匡怎麼還能活着。其實，倪匡自己很清楚：我總不能不如一隻臭蟲吧。

在蘇北濱海勞改農場，倪匡曾去南京出差。那年正是盛暑，天氣酷熱。當時有「中國四大火爐」之稱的四個城市，南京是其中之一。一路風塵僕僕，他晚上投宿在一間很普通的小旅館裏，人已疲憊不堪。入夜，依然汗流浹背。上牀躺在鋪上，一面搧撲蒲扇，一面入睡。

躺着沒多久，倪匡朦朧之中，感到全身奇癢無比。他閉着眼，卻不停抓癢，可是越抓似乎越不對勁，他起牀開燈，原來牀上爬滿臭蟲，數量之多，無法形容。在鋪上，一隻接一隻，恰好排列成了一個人形的平面，人一跳起來，排成的隊形散亂，那種醜惡，吸血而又奇臭的小爬蟲，在鋪上蠕動。目睹而心中所產生的恐懼感油然而生。倪匡拍打身上的臭蟲，臭蟲落在地板上，他便用腳踩踏。

小旅館裏，這一鬧，驚醒了看更人。隔壁一位旅客，拿出一包殺蟲粉，遞給倪匡。這殺蟲粉是「六六六」。

臭蟲，又名牀蟲，在生物學的分類上，是昆蟲綱，半翅目，異翅亞目，臭蟲科的生物，靠吸取人和溫血動物的血液為生。體扁寬，長4到5毫米，紅褐色，翅退化呈鱗狀，有臭腺，分泌物有特殊氣味。臭蟲，江南各地皆有，南京特多，日本人稱之為「南京蟲」。廣東也有，早期香港戲院中都有，但現在幾乎絕迹了。

鋪上如此多的臭蟲，無論如何不敢上鋪再睡了。好在地板上看來還乾淨，倪匡就清理了一下地板上的死臭蟲，把「六六六」藥粉，灑了一大圈，人躺在圈中。倪匡好奇心下，細細觀察了一會。臭蟲一爬近藥粉圈，便不願再前進，確有防蟲作用。覺還是要睡的，於是熄燈，倪匡以為可以安睡了。

天氣酷熱，也實在很難睡得着，躺在牀上翻來覆去，誰知，到了朦朧睡去之際，全身又是奇癢難當。藥粉明明有防止臭蟲侵入的作用，為何又會到處被咬呢？倪匡又起牀開燈。再

051

一看，倪匡呆住了，簡直不相信自己的眼睛。

臭蟲列隊，沿着牆腳，爬上牆壁，然後轉到天花板上，到了你身子上面，再跌落下來，「空降」跌進藥粉圈中，牠們不必衝越藥粉圈。用這方法，一樣可以接近倪匡，吸他的血。

真是不可思議，那片如紙薄的昆蟲，為了生存，竟會有如此高的智慧。而且，昆蟲在粗糙的平面上，可以附着身子，可是到了上空，它怎知道放鬆腳上的力量，使得身子向下落來呢？當時，燈亮時，牆上，天花板上的臭蟲行列，還正浩浩蕩蕩，一隻隻臭蟲，還不斷從天花板上落下來，正確無誤地落在藥粉圈中間。

自然，倪匡一晚沒有再睡。臨走，他找了一個小瓶子，捉了五隻特別肥大，才吸飽了血的臭蟲，放進瓶中，蓋上塞子。倪匡想看看牠的生態。但不久他就渾忘了這件事。大約一年後，他忽然再次發現這只瓶子，看到瓶中有幾片小小的灰白色透明薄片，如皮膚屑然，一時之間，還想不起那是什麼東西來。

打開瓶塞，倪匡把那幾片薄片倒出來，薄片由於太輕，是飄

下來的，而不是落下來的，其中有兩片，飄落在手背上，像是魔術師在施展高超手法一樣，眼看着那兩片薄片，在不到30秒的時間內，由白而紅，開始膨脹，從平面迅速變成立體。臭蟲，被關了一年多之後，不吃不喝，甚至不呼吸，居然可以存活下來，一有機會，立刻又恢復了它吸血本能，吃倪匡的血。

在目瞪口呆之後，心中油然而生一陣恐懼感，把那五隻臭蟲都弄成了粉末。不過，幾十年後，每每想起，心頭餘悸猶存。

半個世紀以後，倪匡多次與朋友講述他與臭蟲交手的那段經歷。他説，人的生命力，和臭蟲簡直無法相比。這麼一小隻臭蟲，也是有智慧的，為了咬人吸血，會想盡辦法。由此，倪匡對人的生命力提出了質疑，人類自稱萬物之靈，但在對惡劣環境的適應性與忍耐力方面，遠不及一隻構造簡單的臭蟲。

臭蟲的睿智與堅韌，給了倪匡啟示。如今在內蒙古，當然沒有臭蟲，不過，人總不能不如臭蟲吧。在獨自關押的那一段日子，由於不知最終結果會如何，倪匡焦慮，心上的負擔極

重。不然，按他的稟性，獨自一人過着魯賓遜飄流式生活，倒也十分逍遙自在。

四壁蕭然，滿牆孤影。無事可做，他常常靜靜地看天。天在高處。天是一種清晰度映照和寬容的俯視，是一種極遠的心情和極深的心境。其實，天哪來表情？只因為天地高遠，讓他的心平實了許多，恬靜了許多，離得愈近的事物，醜陋便總是愈明顯的。看天，不過是領略一種距離之美罷了。

天寒地凍。倪匡住的屋子雖小，但也有炕，他自砌火爐，又割了不少乾草，收集樹枝作燃料，不怕冷不怕餓，唯一討厭的是每到晚上，一定要用十分結實的棍子頂住門，餓狼圍着屋子吠叫不已，令人膽戰心驚，幾十年後，這種顫慄仍刻骨銘心。真不明白狼這樣威武的動物，何以會叫起來如此淒厲，令人毛髮直豎。

二月的一天，倪匡從室外回來，發現炕上多了一團毛茸茸的東西，看見主人入屋，牠絲毫沒有讓開躲避的舉動，反而是目光炯炯凝視倪匡。倪匡也看着牠，看了半天，才發現是

一隻毛極長的貓，那時他還不知道什麼叫波斯貓。牠來自哪兒？這隻貓的毛色，遍體淺灰，眼珠呈灰綠色，毛長10多公分，全身很乾淨，只是長毛糾結在一起，變成一團一團，打滿了結。

倪匡反正有的是閒暇，田鼠乾多的是，他就不時將牠身上的結一一解開，梳整、理順。人與貓之間，言語雖不通，卻可以默契。倪匡內心波動，有一種情感在撫平。在空寂曠野，總算有一對眼睛可以終日相對，有了這隻貓陪伴，倪匡排遣不少寂寞時光。

倪匡為貓的長毛解結相當困難，性子一急便會把毛扯斷，只能慢慢來。兩個多月過去，貓全身長毛的結才解了一半。

5月初的一天，總隊部政治處的一位朋友，悄悄跑來倪匡那間小屋。這位朋友是蒙古族人，來自托克托縣。原先與倪匡一起工作，兩人成了好友。

「情況不對勁，看來你有危險了。聽說要組一個法庭審判你。」那朋友說。

那時的共產黨很荒唐，一個縣長級的幹部，就能組個法庭判你刑。

「他們會判我？我又沒犯罪。」

「說已觸犯破壞交通罪。」

「這怎麼能算『破壞交通』呢?不就拆了一座小木橋嗎？到夏天再重新鋪上去。」

056

「依我看，事情會很麻煩，一旦成立特別法庭，那就不是死刑，也是20年徒刑。」

倪匡驚呆了：「那怎麼辦？」

「你身邊有沒有錢？」

「身邊還有幾百元。」在這裏，倪匡拿工資，也沒地方花錢。

「你趕快跑吧。」

「逃跑？」

「這是唯一辦法。」

沉默了好一陣。

「怎麼逃？」倪匡疑惑，問那朋友。

「從草原腹地走，要朝北跑，那裏遊牧民族多，有蒙古人村落，蒙古人好心腸，會收留你的，他們正需要勞動力，只要你肯幹活。你學幾句蒙古話，改個蒙古人的名字，加上太陽已把你曬得像蒙古人了，住上兩三年，最好娶個蒙古老婆，這樣你就可以混下去了。」他接着說，「我幫你去偷一匹馬，騎上牠逃亡，愈遠愈好。」他又補充說，「你得把眼鏡拿掉，哪有蒙古人戴眼鏡的。」

翌日早上，那朋友牽來一匹馬。馬，又老又瘦，沒有馬鞍，只披着兩個麻布袋。他還帶來一大疊倪匡的人事檔案材料。那朋友說：「你快跑吧，兄弟。」倪匡剛起身，他又說：「不，等一等，你先把眼鏡摘了，蒙古人都不戴眼鏡。」

倪匡握着他的手臂：「我跑了，你們怎麼辦？」

「你別管那麼多了。你一跑，我們總會追捕你，做做樣子，都不知道你去東南西北，怎麼能追捕到你？記住，往北走。」

「你放心，你也多保重，後會有期。」幾十年後，倪匡還記住這個蒙古人，認他是恩人。五六十年後的今天，倪匡仍珍藏着與他的合影，卻怎麼也想不起他的名字了。不過，那以後再也沒有他的消息，惟倪匡心裏始終懷着感激之情。

倪匡臨走，俯首撫摸着那隻長毛波斯貓。那貓「喵喵」叫了幾聲，疾步到他跟前腳下，似乎知道倪匡要遠行。以後的日子，倪匡常常會想起這貓，身上的結，後來怎麼啦？沒人照料，牠又去了哪兒？在往後的寫作生涯裏，小說《老貓》，倪匡就是以牠為原型的。

倪匡逃得相當從容，一時不會有人發現，反正兩周後才會有人去他被關押的住地。倪匡騎着馬，他不辨方向，無法認路，好在這匹老馬識途。聽天由命了，由馬慢慢走了。

下午時分，又開始下雪，田野茫茫，雪花飛舞，極目所望，不見人影，似乎天地之間，只是他一個人，那種茫然蒼涼

之感湧上心頭，至今想起，都為之感慨。入黑時分，到了一個小村莊，居然有小吃店，倪匡要了一大碗熱豆漿，兩隻大饃。他的手已凍得無力端起碗，只好俯首就着碗喝，熱騰騰的豆漿，化成一股暖氣，身子哪一部份先暖和，可以清楚感覺，到了腳趾，吸一口氣，竟有死而復甦的感覺。休息了一陣，雪也止了。倪匡這就繼續上路。

此時，倪匡心情落寞，這一去，何去何從，虛空無着，莫此為甚。

倪匡常言相中蒙古人是他的恩人。五六十年後的今天，倪匡仍珍藏着與他的合影，卻怎麼也想不起他的名字了。

3

倪匡開始逃亡，騎馬朝北？往南？
憑心問夜，唯有自知。棄馬而攀大客貨
火車一路混迹。火車停靠的是黑龍江泰來縣
車站。這正是2年多前，倪匡從南方入內蒙古
的首站。當年雄姿煥發挺進內蒙古，如今卻
偷偷摸摸逃離。哐啷哐啷的火車，緩速
行駛，前途風雲莫測，一路是疑慮
的轍痕。

入夜。沒有銀亮月色，沒有點點星星，浩瀚夜空，墨色無邊。疊疊雲層宛若一片片深翻過的黑土。夜色籠罩了世界。

騎着馬，朝北？往南？朦朦朧朧的焦慮中，全不知道自己走的是哪個方向。憑心問夜，唯有自知：我的一生，注定落魄，但決不會失魂。

放眼四周，黑夜下的茫茫草原，皚皚白雪，世界只剩下黑色

和白色。這世界沉寂了，蕭索了，蒼涼了。30年後，他回憶此時的情景，在他心目中，雪是北方冬天的精魂，有雪的冬天才迷人。滿世界溫柔的只有雪，飄飄灑灑地就來了，白了一個世界，白了一個人間。

5月初，剛下過一場大雪，看不到北斗星，倪匡手腕上戴着指南針的手錶，卻也派不上用處，他在馬背上，發現一條火車軌道。倪匡任隨胯下的馬無意識循着鐵軌前行。

一個不知名的小火車站。車站裏沒有人影。他將馬拴在一條木柱上。他走進破陋的車站小屋。站裏很冷。沒有燈光，他在黑暗中，只見到奄奄的火爐。他將牆角損壞的半條板凳拆成木條，扔進火爐裏燃燒取暖。他拿着那包「偷」來的個人檔案，打開翻閱，除了簡單履歷，每次所謂組織鑑定，幾乎相同：「自由散漫」、「自由主義」、「思想覺悟不高」、「批評領導」、「與組織對抗」等。倪匡略微沉思，舉頭望着窗外的黑夜，心想，人都消失了，留着這些檔案還有什麼用？隨即一張一張扔進火爐。

火焰，灰燼。他的過去泯滅了，未來如何，他根本不知道。成長是一種生命的嬗變。經歷，雖漫不經心，卻無可拒絕。

靠着一把椅子，他混混沌沌，睡意襲來。不知過了多久，火車撞擊軌道哐噹聲由遠而近。他驚醒了：前路茫茫，上車再說。轉身走出屋，走向那匹帶着他到此的老馬，捋了一下馬頸上的鬃毛，又輕輕拍了兩下老馬的臉，向牠道別。隨後跳上車卡，那是一列載貨火車。

火車把他載往何方？他不知道。唯有一個想法，盡快逃離這裏。他離開了內蒙古，生活了2年多的內蒙古。

倪匡，原名倪聰，字亦明。1935年5月30日生於上海，屬豬，雙子座，血型O型，出生時間中午12點37分。原籍浙江鎮海。念中學時，就已經無心向學，一副吊兒郎當的模樣。中共執政後，倪匡家庭的生活發生了變化。1951年，他念了一年高中，然後悠閒在家，整天逛街。

一次，在外灘走過外白渡橋，無聊的倪匡，無意中看見路邊電線桿上張貼的廣告紙，隨風嘩啦嘩啦晃動作響。他停下，

手撕下那廣告，好奇看着廣告啟事上的文字：「華東人民革命大學三期招生」。不安分的倪匡，心裏咯噔一下，早就想去外埠闖蕩，這是個機會。

世上萬物都有自己的青春，高山的青春是岩漿，長河的青春是小溪，彩虹的青春是雨滴，果實的青春是花朵。倪匡的青春呢？在他平凡無聊的生活中，隱藏着許許多多有趣的探索，是青春期的躁動下，有一種焦渴，有一種嚮往。

於是，倪匡下了決心：報名去。接着考試，體檢，錄取。

「人的一生，在很多情形之下，都會因一件偶然發生的事情而徹底改變⋯⋯每一個人的一生，都是一個寫妥了的劇本，在他一出生，這劇本就已成了定稿，每一年每一月每一天發生什麼事，起承轉合，曲折離奇，平淡度過，或是顛沛流離，潦倒終生；飛黃騰達，成為帝王將相、達官貴人；還是窮困末路，橫屍街頭，一切人生中能發生的變化，都已經是定稿⋯⋯所以在生命之中，根本就沒有偶然這回事，一切早已在定數之中。」回首當年，倪匡道。

按招生要求，報名者須18歲以上，不要求學歷。倪匡當時才16歲，竟然也被錄取了。革命大學學生就有6000多人，是中共培養訓練初級幹部的學校。訓練營在江蘇蘇州，距離上海不遠。

3月6日，他進入華東人民革命大學報到，開始受訓3個月。這是倪匡一生中最「顯赫」的學歷。他「畢業」後成為公安幹部。大部分同學，家庭成分好的，表現積極向上的，大多參加了空軍，去了湖北省孝感空軍基地，一部分分配去公安系統。倪匡先分配去華東公安部，在上海住了半個月，接着安排去江蘇省公安廳下屬的勞改農場。

1951年7月，在江蘇省吳縣（今屬蘇州市）一帶農村，參加為期一周的「土地改革運動」的學習，而後參加治淮工程，

淮河邊上有個雙溝鎮。雙溝引河工程，是在雙溝鎮附近挖一條河，連接淮河和洪澤湖。這條全用人力挖的河，長50公里，最深處要挖下去27米。在整個挖河工程中，常常在地下挖掘出許多千奇百怪的東西。

挖這條河的目的，是把洪澤湖當作天然的水庫，當淮河水漲的時候，把水引入洪澤湖，自然可以消弭水患，設想合理，工程也不算複雜。這個工程的設想和圖紙，是蘇聯專家提出的。當時，神州大地上不知有多少蘇聯專家，各行各業，都一律聽蘇聯專家主導行事。

一批蘇聯水利專家，在淮河邊上視察一番後，便發表意見：淮河千年為患，你們中國人就想不出辦法來，其實很簡單，離淮河不遠，就有一個洪澤湖在，洪澤湖水位，低於淮河很多，只要有一條引河，把淮河水引入洪澤湖，問題不就解決了一半嗎？蘇聯專家言下之意：你們中國人可真笨。

中國也有自己的水利專家，聽蘇聯專家這麼說，有的不敢出聲，有的說秋冬之際，洪澤湖水位雖然低於淮河，但一到淮河汛期，洪澤湖的水位也一樣漲，漲得比淮河水位更高。

蘇聯專家卻說，洪澤湖是內流湖，怎麼會漲水呢？

中國專家說，神話傳說洪澤湖是通東海的。

蘇聯專家説，這種神話也能相信嗎？

按常理説，歷年來水位記錄都應該留存的，不知為什麼，也許是蘇聯專家的話就是真理，工程依然按原計劃推進。

作為工程的先頭部隊，倪匡一行20人工作組，押運20萬斤糧食，先挺進雙溝。兵馬未動，糧草先行。從臨淮關到雙溝，走的是水路，在淮河上，水面又清又平靜，漁船在河面上依次成一長排，用聯結起來的漁網打魚，極其壯觀，見到了一次起網，三五十斤的大魚，在魚網中亂蹦亂跳，真是歎為觀止。船到雙溝，首要任務，是卸下20萬斤糧食。當地政府早已準備了一個倉庫，其實那只是一個大草棚而已。到雙溝鎮之後，最不明白的是，鎮上街口離河水頗遠，足有500米的一大片空地，土地肥沃，地面相當平滑，卻又寸草不生，淮河的河面寬度，也不過如此，遙望對岸，情形也是一樣。一包一包糧食，要先經過這片空地，才能搬運到鎮上，頗費體力。

倪匡他們初到淮河邊的時候，不是汛期，兩岸相距很窄，平

坦的河灘蜿蜒伸向遠方，游泳輕輕鬆鬆到達對岸。倪匡當時就有疑問，這麼肥沃的土地，為什麼不耕種呢？過了一段日子後，才明白為什麼兩岸要留下那麼大片的空地。其實那不是空地，一到了淮河汛期，這片空地就是淮河河底，河面的闊度，可在一夜間暴漲三倍，若雨水多，河面可無休止擴大，這正是淮河帶來的災難。

參加「雙溝引河工程」有7萬人，3萬民工，4萬勞改犯人。7萬人在原野中排開，才知道人和螞蟻實在沒什麼分別。所有人都住在窩棚中，所謂窩棚，是蘆葦編成的席子，覆在彎成弓形的小竹子上，小竹子的兩端，插進土中，割些草弄乾了，鋪在席上。

這一種窩棚，倪匡從皖北到蘇北，大約住過3年之久。蘆葦編得十分鬆散，躺在這樣的窩棚之中，睜開眼看，月明星稀。自然也沒有什麼防雨作用，一旦下雨，「外面小下，裏面大下；外面不下，裏面還下」，和露宿沒有太大分別。

那條引河，要搶在風期之前完工，於是，7萬人日夜搶工，

工地上裝上鐵軌，用斗車把掘出來的泥土運出去，工程恰好在風期之前完工，淮河水大漲，洪澤湖水也大漲，看看洪澤湖的湖水，竟通過這條辛辛苦苦挖出來的河，倒灌進淮河之中，造成更大災害。其時民工已經撤退，勞改犯人還在，便趕緊在近洪澤湖處，把挖出來的土再填進去，又花了大半個月，總算築成一條土壩，把洪澤湖水給擋住了。此時，蘇聯專家早已拍拍屁股走了，後來才傳出，所謂「蘇聯水利專家」者，只是不知道什麼小地方的水利專科學校學生，竟然尚未畢業。

淮河工程結束後，倪匡又帶着那批勞改犯回到江蘇。在離開雙溝的前幾天，倪匡和幾個人沿着引河河岸，走了一個來回，河是筆直的，河水又滿。兩岸遍植柳樹桃花，泛舟其上。原來的把洪澤湖當天然水庫的設想，自然再也沒有人再提起了，如此浪費人力物力，反正中國地大物博，浪費，折騰，太陽照樣升起，自然也不會有什麼人去追究的了。倪匡對中國國情有了了解。

在江蘇北部建濱海勞改農場，倪匡幹了3年多。此時，倪匡

已是行政第21級幹部。在蘇北的農場初具規模後，上級要抽調人手到內蒙古去辦勞改農場，調人的消息一傳出，諸多年輕人爭先報名。

倪匡生性好動，從小活潑，高談闊論，放蕩不羈，不喜約束，情緒易極端，又糊裏糊塗，抗拒正兒八經，也不道貌岸然。凡沒去過的地方，他總是極其嚮往。他喜歡四處跑，公費出差，公幹遊樂，他覺得很開心。他的學歷雖只是在「大學」受訓3個月，但經天緯地，歷史地理，這兩門對青年開設的古老課程，與他若干年後的那片千秋燦爛的文學錦繡卻息息相通。古今文人，幾乎沒有誰不將周遊列國、遍訪天南海北視若生命中賞心悅目的必修課，並虔信那飽經滄桑的秦磚漢瓦、明月松濤延續着民族文化的精髓。仁者樂山，智者樂水。大自然無愧為一座沒有圍牆、公布於世的圖書館；清風漫捲的名山大川，是陳列於歲月的青玉案頭頂一部部無字天書，令人百讀不厭。

當時來蘇北農場「招兵買馬」的外地單位甚多，有內蒙古的，有青海省的，有新疆的，有西藏的。倪匡盤算着自己的

「旅行計劃」，由東而西，再由南而北，先到內蒙古，住上一兩年，再到青海，然後，挺進新疆、西藏。這個計劃，事後自然未能實現，在內蒙過了兩個冬天之後，關山萬里，被迫逃亡。這是後話。

倪匡報名去內蒙，很快就批准了，內心相當興奮。出發前，所有去內蒙的人，都要接受防疫注射。打一兩針，也不算什麼，怎知一打就打了15種防疫針，連鼠疫防疫針都要打，一種針防一種病，15針打下去，不但手臂、屁股疼痛，而且體內反應，發了三天高燒，燒得全身骨頭發痠，苦不堪言。

啟程出發，從農場到鎮江，一路坐火車北上。由於帶了一批勞改犯人，列車是專車，不載其他旅客，開開停停，沒有正常班次可言，這才是十分有趣的行程，有時在一個地圖上都難找得到的小地方，一停就是半天，對這地方的風物可以從容了解，對這個地方的特產盡情品嘗。就說兩次吃雞，到了符離集，燒雞已吃得連舌頭都咬破了；到了德州，往店裏一坐，拿着扒雞，順手一抖，所有雞肉都抖下來，手中只剩雞骨，滑嫩噴香。

火車出了山海關，來到關外，風物更是不同。早前所發的禦寒衣物根本不夠用，又增發老羊皮大衣。這種老羊皮大衣，只有皮板，沒有布面，毛長三四寸，重量驚人，至少有一、二十斤。俗話說，肥馬輕裘，分量如此重，也就不是什麼好貨。不過，老羊皮大衣，真有禦寒作用，白天可穿，晚上可蓋。重，還不是它主要問題，最難忍的是它有一股極濃烈的羊羶臭，一節車廂之中，幾件老羊皮大衣一抖開來，那股羶臭，幾乎能把人熏死。正是「入鮑魚之肆，久而不聞其臭」。什麼事都講習慣，久而久之，也全然不覺了。長羊毛大衣，雖不是倪匡想像中那種打虎英雄穿的虎皮短襖，卻也可稱得上一個男人的精神獵裝了。

出了關，一路向北，倪匡不時拿出地圖看，愈向北愈冷。

火車抵達鄭家屯。鄭家屯，地處吉林、遼寧、內蒙古三省（區）交界點，東、西遼河匯流處，坐落在西遼河的西岸上。鄭家屯，現屬雙遼市城區，一座歷史悠久的古城。1916年8月震驚中外的中日「鄭家屯事件」就發生在此。在鄭家屯，火車預計停留七八小時。於是，倪匡與他的同行戰友僱了馬車逛

071

倪匡傳：哈哈哈哈

古城。第一次載上大皮帽子，冒着寒風，聽着趕車的「拍拍」揮動皮鞭，「異地風情」的新鮮感油然而生。

坐了一個多星期的火車，才抵達目的地：黑龍江省泰來縣。從泰來縣到位於蒙古自治區的紮賚特旗，就要靠原始的交通工具：騎馬。體弱者乘搭馬車，而勞改犯人則是步行。

……

072 兩年多前，雄姿煥發挺進內蒙古，如今卻偷偷摸摸逃離。哐啷哐啷的火車，緩速行駛，前途風雲莫測，一路疑慮的轍痕。

敞開露天的載貨車廂，倪匡倚靠在雜貨箱邊，刺骨的寒風，耳邊呼嘯掠過，他把頭窩在長羊毛皮衣裏。他身邊沒有傾聽者，傾述是一種奢望。命運的悲慘，逃離的竊喜，只有自己百分之百的承受，不乘以二，也不除以二，固守着自己的家園，不打開最深的一道門和最後一把鎖。

伴着車輪與車軌的撞擊聲，他迷迷糊糊，混混沌沌：這火車

會開去哪兒呢？呼和浩特？哈爾濱？瀋陽？北京？上海？在哪兒下車？會不會被逮捕？一旦抓住，就被五花大綁了。

他們會怎麼綑綁呢？倪匡想起幾年前在江蘇參加土改工作隊時那位管理員，此人是綁人專家。土改隊是宛如軍隊的團級編制，隊長是團級幹部，而中共軍隊中，在團級單位擔任後勤職務工作的最高級人員，稱「管理員」，是連一級幹部。當年土改，強調階級仇恨，雷厲風行，每個地區有指標要處死若干地主階級分子。這是一場腥風血雨的社會運動。運動中，倪匡才領教人一旦虐待自己同類，方式之繁多，令人大開眼界。

有人說，少年或青年時見過、經歷過一些事，印象最深刻，難以泯滅，雖不盡然，大抵也有點道理。

那位來自山東的管理員，一臉大麻子，平日看不出什麼異樣，可是到了有機會可以把一個人綁起來，他雙眼便發亮，滿面血紅，全身充滿狂熱情緒。

人被綁，是因為「犯了罪」。在土改運動中，地主成分的人

和他的家屬，都屬於天生的犯罪分子，自然都有被綁起來批鬥的可能，一旦遇上那位綁人專家，即使是旁觀者，事隔多年，想起來仍不免心驚肉跳。

倪匡常替這名綑綁專家寫家信。一次，倪匡與那綁人專家聊天。他告訴倪匡，一般而言，綑綁人有五大手法。倪匡問他，是從哪兒學來這些綑綁手法的。他始終神秘兮兮，不願直接回答。他說：「小鬼，把我這套綁人法，教給你吧。」倪匡連忙擺手，倒退一步，當時幾乎沒有嚇得跪地求饒，力言自己愚笨，無法當他的傳人。不過，那五種綑綁手法，倪匡是聽明白的了——

第一種叫「一柱擎天」法。這種綁人方法，是利用麻繩，把人所能活動的關節，完全作反方向牽引，首先在足踝開始，繩子巧妙地把雙腿完全拉直，總之關節向前可動的，就向後扯，向後動的，就向前拉。所以當綑綁完成後，所綁者整個人都是僵直而不能動彈的，最後在頭頂上總結。要虐待，可以有兩個方法，一是在頭頂的繩子把人吊起來，如同吊一枝木棍一樣。另一是使人直立，在頭頂上加重物，由於全身可

供彎曲的骨節，都被繩子牽拉着，所以身體無法彎曲，重物壓下來，骨節格格亂響，膚孔中會滲出血珠來，慘不忍睹。

第二種是「雙龍夾珠」法，將被綁者的頭，夾在他自己的雙腿之間，整個人彎曲如蝦。綑綁完成後，被綁者除了哀號之外，全身一動也不能動，而被綁者的雙手，和足踝綁在一起。這一綁法，有正、反兩種。常見的是正綁法。據那位麻子專家稱，反綁法是將人雙腿反屈來夾住頭，可以令被綁者脊骨斷折，肋骨根根撐破皮肉露出來。由於政策不容許，所以這種綑綁法幾乎不使用，言下，他似乎頗有所憾。不過他說，在戰爭時期，曾用反綁雙龍夾珠法，綁死過一個變節分子，利用活扣，綁緊繩子，要被綁者斷那一根肋骨就斷那一根。還詳細描述肋骨斷折的聲音，和皮膚被斷骨戳破時的聲音。令人毛髮直豎！

第三種是「三頭活扣」法。綁人的技巧之中，很多應用活扣。就是綁好後，看看不怎麼樣，可是活扣一抽緊，立時花樣百出。「三頭活扣」法幾乎純用活扣，複雜之極。共有三處活扣可供抽動，若是三扣齊抽，被綁者的手肘、膝頭和額

頭就會因繩子抽緊而碰在一起。到時，仰天吊、背天掛，自然由人魚肉擺佈。

第四法是「四馬攢蹄」法。這種綁法，倒是見於古籍的。把雙腕雙踝，反扭過來，綁紮在一起。綁人專家說：「這種綁法，最適宜用來綁娘們（女性），綁好之後，可以由得你想怎樣就怎樣！」說的時候，他的臉上的每一顆麻子都發紅光。想來在長期的土改運動中，他曾不止一次用這種方法對付過地主的眷屬了。

第五種是「五花大綁」法，那是臨赴刑場前的綁法了，巧妙處是一個活扣在頸際。當被綁者想叫什麼口號之時，一抽活扣，繩勒頸際，自然叫不出來了。

綁人專家所用的麻繩，是他自己搓的，揀上好的麻。奇在繩子並不粗，比一支香煙略細。繩子是愈「熟」愈好，所謂「熟」，就是繩中滲進的血多。他曾展示一根「熟繩」，深赭色。上面不知浸了多少人血，看了令人不寒而慄。

……

「我一旦被抓獲，他們會如何綑綁我呢？」倪匡昏昏沉沉在想。火車繼續緩緩前行。峰峰嶺嶺，蒼蒼茫茫，往後移動。載貨的火車停站了，他又混上客車，客車停了，他又趴上貨車，一路混迹。

天亮了。長空湛藍，幾絲雲彩。倪匡見到了太陽。載貨火車緩緩行駛。再次進入一個車站，停靠的竟然是黑龍江泰來縣車站。這不正是2年多前，他從南方入內蒙古的首站嘛。倪匡這才知道，火車是南行的。他跳下火車，凍得腳麻木，腦發暈。他顫顫悠悠走出車站。車站出口邊上有一家豆漿攤位。他掏錢買了一碗，大口大口喝下，霎時全身暖和，就連手指腳趾都感覺到暖意。

4

中國政局風雲變幻。赤色神州，社會
主義改造剛剛完成。逃離內蒙古的倪匡，
去遼寧鞍山投奔大哥倪亦方，在哥哥家住了
一個多月。一個逃亡的公安幹警，親人都不敢
長期收留他，倪匡南下上海，暫住舅公家，
此地也同樣不宜久留。倪匡尋找機會
偷渡香港投奔父母。

到了車站，就有地圖了。牆上一幅遼寧省地圖，倪匡走近，
在地圖上指劃着，他找到了泰來，而後往南尋覓，白城，
通遼，瀋陽，遼陽，鞍山，倪匡在「鞍山」停頓了。哥哥
倪亦方不就在鞍山嗎？在遼寧省鞍山鋼鐵廠任工程師。

倪匡心裏一亮，去鞍山找哥哥。他口袋裏還有點錢，他沒花錢
買火車票，能省則省。他跟着一幫盲流，見火車就上，查票了，
被趕下火車，在車站睡覺，有火車了，就再上。一路往南。

經一番周折，他找到了鞍山鋼鐵廠，找到了哥哥。

倪匡父親倪純壯，母親王靜嫻，1950年都去了香港，父親在香港荷蘭好實洋行保險部任業務經理。父母生了五男二女。倪匡依稀記得，家裏的生活貧苦而歡樂，一家九口人，七兄弟姐妹佔一間半房，倪匡只是睡在一張破舊的沙發牀上。倪匡是家中老四，本名倪聰，字亦明。倪匡是他筆名。是他隨手翻閱《辭海》找出一個「匡」字，於是就用了這個名字。

大姐大哥，從小由親戚撫養長大，都改了姓，在中國大陸。老三倪亦方，老五倪亦平，老六倪亦舒，即作家亦舒，老七倪亦靖在新加坡當教授，是新加坡國家科學院院士，曾被選為美國製造工程師協會的傑出青年。1948年出生的倪亦靖，5歲時隨父母來香港，1968年留學英國，1974年到新加坡國立大學執教。倪家七兄妹，亦舒長得最漂亮，而倪亦靖最英俊。

倪匡哥哥倪亦方，與倪匡走的完全是兩條路。說起倪亦方，是令人迴腸盪氣的故事。

1949年，中共執政，18歲的倪亦方考入燕京大學，即今天的北京大學。

1951年，正在燕京大學就讀的倪亦方，暑假去香港探望父母。父親勸說他留在香港，還託朋友將倪亦方安排在香港大學學醫。

父親：「留在香港吧，爸爸需要你。」

080

浮現在兒子眼前的卻是他在海灘上看見的美國水兵侮辱中國人的那幕情景，倪亦方說：「爸，我還是要回北京，什麼時候中國強大了，誰還敢欺負？抗美援朝戰爭正在打，新中國建設也熱火朝天。我知道自己該怎麼幹，你放心吧。」

倪亦方執意返回北京，好好讀書，畢業後為建設祖國出力。

在學校，他加入共青團。畢業後，學校安排他留校當助教，他卻多番申請，要求去祖國最需要的地方，去社會主義建設第一線。1952年，21歲的倪亦方被分配到遼寧省鋼都鞍山，在鞍鋼築爐公司計劃科。工作一段日子後，他不滿機關安穩

的日子，向領導提出去生產第一線，到施工現場。在公司安排下，他告別新婚妻子，收拾行囊，去本溪築爐工地。1954年，在築爐施工中，因爐體質量問題，23歲的倪亦方與前蘇聯專家爭辯，被認為頂撞了專家，公司給予他免職、記大過處分。1957年，神州大地掀起整風反右派運動，他受毛澤東「陽謀」誤導，認認真真幫助黨整風，針對領導工作作風和管理方面的問題，提出不少建議。風雲突變，他被錯劃為右派。當局又重提他與前蘇聯專家爭論的事，認為他大逆不道，上綱上線，罪上加罪，反蘇聯專家就是反蘇聯，反蘇聯就是反黨。他被錯劃為現行反革命，判刑投入監獄。他茫然不解。生活中五光十色的花環，一夜之間變成了監獄的道道鐵柵，他的熱望驟然間凝固了。

結束11個月的監獄生活，他出獄時，妻子已被安排去了支援包頭鋼鐵廠建設。

但他始終認為自己沒錯，總有一天黨會理解自己的。

包括原單位在內的所有單位，都不願收留他這個被改造過的

反革命分子，這個新中國名牌大學的首屆畢業生，成了勞改系統就業人員。1959年6月，倪亦方去了市公安局勞教處自強化工廠當工人。這個廠條件惡劣，廠房破舊，工人們穿着短褲背心，煙燻火燎地把萘渣一鍬鍬填進爐膛，每個人都是渾身漆黑，唯有牙齒和眼球是白的。倪亦方就住在離爐子10米遠的小屋裏，那小屋是用秫秸搭建的，屋裏用一張木板搭作小牀，一個鋪蓋卷和一隻帆布袋就是他全部家產。

倪亦方喜歡的作家丁玲在自己的厄運結束時曾説過這樣的話：人，只要有一種信念，有所追求，什麼艱苦都能忍受，什麼環境都能適應。倪亦方雖然恢復了工作，但卻不能再做技術工作。他先後幹過爐前工、收炭工，清鍋爐、掏機器，廠裏所有最苦最髒的活，他都幹過，但他都從無怨言地盡職盡責。他默默吞吃一個又一個苦果。令倪亦方感到高興的是，在這個條件惡劣的小廠裏，領導上讓他做技術工作，他頓感自己有了用武之地。

這個廠雖不甚起眼，生產的卻是關乎國計民生的緊缺貨。炭黑是橡膠製品的補強劑，為國家橡膠生產所必需，沒有它，

自行車、汽車、飛機便沒有輪胎，在當時，要用十多噸大米才能換回一噸炭黑。幾千年就發明了炭黑製造方法的中國，如今卻要從外國進口，這不能不說是一種恥辱。面對國家的急需，倪亦方把心中的不平和冤屈置之腦後。他看到軟質炭黑爐，工藝落後，勞動強度大，產品也只能作塗料，內心不是滋味，始終想作出改善。當時，中國生產橡膠輪胎的硬質炭黑原料，大部分依靠進口，每噸6500元人民幣，他決意要攻克這道難關：新中國要想自強，就要走自己的路。

這一年10月國慶節，領導給他幾天假，讓他與分別好長一段日子的妻子，在天津岳父家相聚。到了天津，他在路旁報欄上讀到天津炭黑廠成功試製硬質炭黑的消息，他竟然沒有先去見妻子，而直接趕赴生產廠家學習。國家化工部正準備在這個廠召開技術現場會，他旋即給鞍山打長途電話，請求領導派人參加。經與化工部聯繫，鞍山勞教處炭黑廠派出4人參加現場會。會上，化工部提出，如果哪家廠於翌年「五一」能生產出硬質炭黑，就撥給20萬元人民幣和20噸鋼材指標。倪亦方很激動，與同去的領導第一個提出申請。

為了盡快生產出硬質炭黑，倪亦方僅在岳父家住了一天，與妻子相處了一天，就急急忙忙趕回鞍山展開設計工作。沒有辦公室，他把牀板當辦公桌；沒有製圖工具，他就找來木板當製圖版，自掏腰包，花錢買了一套簡單的製圖儀器；沒有圖紙，就在舊報紙上繪製草圖。年底，第一座硬質炭黑爐投產，年產量達幾百噸。由此，倪亦方掌握了硬質炭黑生產的基本技術，帶出來一批技術工人。接着第二座、第三座，到1966年建成四條硬質炭黑生產線，產量增加5倍。隨後，倪亦方對炭黑反應爐爐型、旋風分離器的型號與組合方式作了大量研究，寫出論文，頗受國內外炭黑界注目，他還研究了諸多新品種炭黑。1966年，這個勞教處辦的小炭黑廠，一個手工業作坊，成為全國化工行業生產炭黑的重要企業，成為同行業中產品品質第一、上交利潤總額第一的重點化工企業。

從1957年到1976年，他先後完成技術改造40餘項，發表學術論文10餘篇，其中尾氣回收，負壓旋風分離器、脈增袋濾都是中國首創，他也成為中國炭黑工業首屈一指的專家。

過去的歲月，倪亦方對兒子、對妻子總有內疚，1977年恢復

高考制度，從小跟隨外婆在天津長大的獨生兒子報考大學，成績比錄取分數線最高的中國科技大學還高20分，卻因父親的歷史問題不能被錄取。對於妻子，倪亦方總覺得欠了她一筆還不完的「債」。結婚後20多年，她飽受人世間的不平、冷遇、窮困、艱辛，但她始終如一愛着他，支持着他。

中共十一屆三中全會後，倪亦方的冤案獲徹底平反。對於度過了漫長的艱苦歲月的他來説，這一天彷彿來的太突然了，整整20多年，他還從未感到過天是這麼藍，陽光是這麼明艷。

1981年，這對30年沒有見過面的父子倆，終於在上海重逢了。

父親面對這位鬢髮已斑，顯見蒼老的漢子，老淚縱橫。

倪亦方依然笑着。這笑雖然慘澹，卻難掩失而復得的欣慰。他望着父親，喃喃地説；「爸，我很好，真的，一切很好。」

這句發自內心的安慰話反而使父親更加感傷。父親欣慰的是，自己深切痛恨戰爭，希望祖國富強的所有善良的基因，傳給了兒子。

1983年，倪亦方加入了中共。這是他幾十年的企盼。倪亦方當了廠長，他帶領同事成功研製多爐頭生產、尾氣發電等10多項技術革新項目，使產品品種由原來的3種增加到14種，其中3種主要產品，兩種獲國家銀質獎，一種獲省優質獎，產品遠銷國外。原來僅有30多人的勞改小廠發展成為2000人的現代化工廠。產品品質居全國第一，年產量達20000噸以上，利稅1700多萬元。從1981年開始，他先後與日本、美國的炭黑同行進行技術洽談合作，引進先進技術，實行現代化管理。

1986年5月29日，《遼寧日報》以顯著位置刊登了中共遼寧省委、化學工業部黨組作出關於向優秀共產黨員倪亦方學習的決定。他先後被授予鞍山市勞模、特等勞模、全國優秀經營管理者、優秀共產黨員等光榮稱號，榮獲國家「五一」勞動獎章。

2008年4月，倪亦方病逝。網絡上，「沉痛悼念倪亦方老先生」的帖子上，跟帖無數，一片哀悼文海。

——這次回家，聽説倪亦方老先生剛去世，在此表示沉重的悼念。我只是一個剛剛走出校門的大學生，倪亦方老先生的妻子從前教過我7年英語，王老師也是個正直嚴厲可愛的老人，其實她從來沒有告訴我們，她的丈夫倪亦方老先生究竟是誰，我們就只是知道她和倪亦方老先生就只是兩名退休的老幹部，我們就知道倪亦方老先生不太愛説話，總在卧室裏面不出來看書看報紙看電視，王老師就在隔壁簡陋的書房教我英語，王老師從來沒有給我們説倪亦方老先生以及他的家人，只是一次偶然的閒聊她説她老伴兒的弟弟和妹妹都是寫東西的。倪亦方老先生的名字我還是從前無意中，在他們家的郵箱上看到的，今天我在baidu上查到倪亦方老先生的生平，更是心生佩服，同時心裏也有一些難過，記得幾年前王老師教我英語的時候，她和倪亦方老先生還穿着帶補丁的衣服，她還開玩笑跟我們説她的衣服已經穿了40多年了。兩位老人一直有着良好的生活

習慣，每天讀書看報，七八十歲的老人還一直在學習，關心着國家的每一點變化，我們這些年輕人拍拍胸脯，不感到自責麼？

——雖然不認識，但也在這裏願死者安息，生者平安！

——倪亦方，是倪匡大哥額。

——是倪匡大哥，也是亦舒的大哥，原名倪亦舒。

——我是倪亦方的老部下，得知他的離世備感沉痛，他是一位非常令人尊敬高尚的人，他有着坎坷的人生，他對世界炭黑工業做出了巨大的貢獻，他值得認識他的人驕傲，他曾經受到黨和國家領導人的高度評價，我們永遠懷念他。

——這個世界啊！沉痛悼念！！

——我一直很想去拜見他，只是覺得素昧平生的，不太可能。沒想到，終成個遺憾。

——今天偶然看到了這個帖子，我也在王老師那裏學了七八年的英語，往事歷歷在目。王老師是我最尊敬的一位老師，不光幫我打下了堅實的英語基礎（多虧了她的漢譯英，老本吃到了大學），而且還教了我很多做人的道理。對於她的老伴，只記得是一位安靜的老人，貌似聽力不是太好。從王老師平日裏說話知道他是一位很厲害的工程師。

——那年正好也是我大學畢業的時候，回去看王老師，才知道她老伴去世了。記得那天王老師真的非常傷心，她說最懂她的那個人就這麼走了。一晃都2年過去了，我也一直沒回家鄉，明年回去的時候打算再去看看王老師，希望她還像以前那麼硬朗，還像以前一樣大嗓門的教育我。也願倪爺爺安息，保佑王老師健康長壽。

——不知倪匡有沒有回大陸奔喪？

——雖然倪匡發過誓跟某黨（作者按，指中共）不共戴天，但死者為大，換了我是不會守這樣的誓言的。

——在你明白生命的意義之後，你就不會有這樣的感覺了。

……

090　哥哥幾十年追隨中共，最終夢圓，成了中共一員；弟弟至今仍抗拒中共，發誓中共不倒台，他不會返回大陸。

50多年前，1957年，中國政局風雲變幻。這一年，也是中國社會最多元最混亂的一年。赤色神州，社會主義改造剛剛完成。倪匡，一個逃亡的公安幹警，在哥哥倪亦方家住了一個多月。親人都不敢長期收留他。倪匡自己也明白，不可能報進戶口，此地不宜久留。那些日子，他反覆籌劃去向，最後決定：先去上海，再尋找機會偷渡香港找父母。倪匡要哥哥跟他一起去香港，哥哥沒同意。

於是，倪匡獨自去了大連，要買去上海的船票。

買船票的那個窗口，每天只賣五張去上海的船票，早上8點開始賣。第一天，倪匡早上6點就去了，排在第三個，卻沒買到。第二天他凌晨4點就去，排第一個，門一開，也沒有買到，他心生奇怪，排在第一個，什麼叫賣完了？賣到哪裏去了？

倪匡內心一團火。

售票窗口的女售票員問：「你是哪個單位，哪個機關的？」

哪個單位、哪個機關？倪匡瞬間懵了，一時語塞，他答不出。「我排第一，不是每天有五張票嗎？怎麼可能買不到？」

女售票員說，沒有到上海的票了，有到青島的，你要不要？

倪匡說，到青島也好，先上船再說。

船到青島時，倪匡沒有上岸。有七八十個人跟他一樣。船長見狀，破口大罵。不一陣，船長見到這幫流民，似乎動了惻

隱之心，説睡甲板啊？倪匡説：「睡甲板就睡甲板，睡甲板
還能看黃海日出。」

就這樣，他沒在青島下船，隨船抵達上海。

當年，倪匡在上海沒有跟隨父母去香港，卻選擇華東人民革
命大學，中共剛剛執政，人民「翻身解放」，上海年青人追
崇中共，個個是熱血青年，哪會去香港那種殖民主義的腐朽
小島。中共的宣傳是深入民心的。其實，愛逆向思考而善論
善辯的倪匡，也時有自己的獨立思考，他從內蒙逃亡時，燒
毀自己的檔案文件上，就有他「思想問題」的記載。一次，
在內蒙勞改農場，他問一位幹部：「你們總是説台灣人民生
活在水深火熱中，每個人都只能吃香蕉皮。我就沒搞明白，
那香蕉肉，被誰吃了呢？」

到了上海，他住在舅公家裏。親友也都不敢收留他太久，有
的甚至見他都怕。一天，倪匡從報紙上看到一則廣告，能幫
忙去香港定居，實質就是「偷渡」。當時，全社會「百花齊
放，百家爭鳴」，大鳴大放整風運動尚未轉向反右鬥爭，社

會上雜沓紛呈。倪匡按廣告所示，找到那家機構，那裏擁擠着很多人。

半小時的面談，溝通。最後是收費。

「你會不會講廣東話？」

「這有什麼區別嗎？」

「不會講廣東話的收費貴一些，會講的便宜些。」

「這麼難講的方言，我不會。」60年後，倪匡的的粵語也依然半鹹不淡的。

他們又問倪匡：「你不會講廣東話，那你要400元（人民幣）的，還是150元的？」

倪匡問：「這有什麼不同？」

他們說，400元坐大船，150元坐小船。

倪匡心想，自己也沒什麼錢，坐小船也沒關係。他當時不知

道所謂大船就是那種渡輪，而小船就是「屈蛇」，一張桌子
那麼大小的空間要擠十多人。

他們總共收了倪匡450元人民幣，其中150元是坐船費。60年
後，倪匡回想那一幕，感嘆當年社會的純真和可愛。他說：
「他們哪像騙子？當年450元，也不過相當於現在的四五萬
元吧，連身分證都幫你辦妥，連成本都不夠。不知道他們是
些什麼人，我始終很感激他們。」

他們還當場教倪匡說幾句廣東話。

「如果香港警察問你是什麼地方人，你怎麼回答？」

「我是上海人。」

「不對，你要說自己是『上海仁（人）』」

「哦，我是上海仁。」

「如果要罵人，『畜（上海音，挫）生』你懂不懂？」

「當然懂，畜生，卑鄙獸性的人，做壞事的人，上海人家裏

父母罵男孩，常常用畜生。」

「警察要問你，啥地方仁（什麼地方的人），你就回答『畜生』。廣東話『橙汁』會不會說？」

「『長腳』？廣東話也太古怪了，橘子水叫長腳。」粵語「橙汁」，與上海話「長腳」近似。

「有人問你『飲乜』？你就說『長腳』。」

倪匡回家籌措這筆資金。親友們怕倪匡給他們帶來麻煩，一個叛逃的公安人員，一旦被捕，而親友又沒舉報，個個都是包庇、窩藏罪，必定株連九族。親友都恨不得要倪匡趕快離開，誰都願意出錢。450元很快湊足。

倪匡付了錢，義無反顧，等待時機。那些等待的日子裏，他常常想起父母，夢見香港。他的夢裏不是樂園，夢裏往外看，世界很大；從外面往夢裏看，世界太小。但他深知，自己在大陸，已經沒有一寸落腳之地。他發誓：共產黨不垮台，就絕不回大陸。

5

任何偷渡，都要冒生命危險。倪匡
知道這一行程不說九死一生，至少是對半
機會或生或死。倪匡之前曾有三次瀕臨死亡
的經歷，生死一線間。從上海坐火車到廣州，
從廣州水路偷渡澳門，再從澳門偷渡香港。
倪匡乘坐的是一艘運菜的船，到了九龍，
在一個碼頭偷偷上岸，踏足香港。

任何偷渡，都要冒生命危險。倪匡知道這一行程不說九死一
生，至少是對半機會或生或死。人活着，才知道，死亡是一
種無奈的寂寞。生命的始與終，赤裸着來，又赤裸着去。
死亡，被深深的埋在生的腳下，隨時生根發芽。人，毋須懼
怕，因為生的繩索，會毫不猶豫將人高高提起。

倪匡年輕時，曾目睹死亡。那還是1951年，他從上海剛去蘇
州吳縣不久。神州大地席捲「土改運動」。受盡折磨的地主

中，有一批屬於「罪大惡極」，需要執行死刑。

臨刑前，照例有「公審大會」。公審大會，超過幾千人參加。其實「審」之前，早已寫定死刑布告。審完後，毛筆蘸上紅墨水，打一個圈，畫上一道長長的勾子，再寫一個大大的「戒」字，一貼上報告板，死刑就立即執行。

被判死刑的，早就五花大綁了。第一次看槍斃，死的一共六個人，四男兩女，分別是兩家地主的家人。在幾千人的震天口號聲中，三個年紀較大的人，早已呆若木雞，真懷疑他們那時已經死了。那三個壯年人，卻神智尚清，每人身後皆有一個持槍軍人，手中緊握着槍上的活扣。麻繩勒在他們頸際，喉結上下，各有一股，他們自然叫不出聲來，只看到他們眼珠亂動。人的眼珠本來是十分靈活的，可是竟可以作這麼大的角度和這麼大的幅度轉動，對倪匡而言，也是第一次經歷。那幾雙眼，極其恐怖，像是眼珠不甘心隨整個身體死亡而死亡，想要掙出眼眶來獨自求生一樣。這種情形，那三個人毫無例外，是不是人臨死前，或者是在這種處境中臨死之前的一種自然反應？一個神智清醒，知道自己身體健康而

要被人處死的人，臨死之前，他們在想些什麼呢？是不是他的想法一致，所以才導致他們眼珠的急速轉動？

那天是大熱天，氣溫極高，可是在那種氛圍下，全場唯有陰森感覺，儘管烈日之下，汗流浹背，卻竟然沒有一絲炎熱的感覺。

那種死囚眼珠的異樣轉動，已夠令人震驚的了，但相比行刑，又是小巫見大巫了。 六個人，被推上一輛載貨卡車，由解放軍士兵押解着，直赴刑場。所謂刑場，是離公審大會不遠的一片空地而已。與之同車的，有軍隊和土改工作隊的成員，倪匡是其中之一。另外還有兩輛卡車，則載運土改運動中的積極分子，前去觀看行刑。

到了刑場，一男兩女年老的，被提下車時，已軟癱得像一堆泥一樣，看起來完全不像是人，更不像是有生命的人。而那三個壯年人，眼珠轉動如故，頭上冒汗，被從卡車上提下來之際，其中有一個，還掙扎了一下。不過在五花大綁之下，掙扎也沒用，只有使押解的士兵將繩子抽得更緊。看起來，

再抽緊一點，不必等子彈來結束他的生命，就已經被勒死了。

六個人被推到空地，軟癱如泥的三個，根本無法跪，只是倒在地上。三個壯年人，有兩個被壓着跪了下來。有一個性格十分倔強，怎麼抽打，都不肯跪下，他就是下車時曾掙扎過的那個。

行刑隊就是軍隊，用的是普通步槍，一切全在一剎那間發生，參觀行刑的積極分子，還在不斷叫口號，槍聲就響了。瞬間，人人都止住了聲，張大了口的人，也發不出聲來，像是所有的聲音都凍結了，只有清脆的槍聲在空氣中迴盪，震人心弦。然後，眼睛所看到的一切，令人不由自主發抖。

倒在地上的三個人，每一個人的頭部，不知中了多少槍。白的腦漿，紅的稠血，不時湧出來，流在地上。跪着的兩個，腦漿和濃血，流了一臉，可怖的張大着口。接着，是被推倒的。那個一直不肯跪的，中槍最多，小半邊頭顱都不見了。但是奇怪地，還可以看到他的一隻眼，還睜着。不過，倪匡

已沒有勇氣去留意他那隻眼睛是不是還在轉動,當時倪匡立時閉上眼,不敢再看。槍決這種行刑方式,小說、電影中,見得多了。但小說電影中所見,是一回事,真正現場目睹,又是截然不同的另一回事。事隔30餘年,倪匡每一想及,還會胸腹作悶。直到現在,倪匡有時還會在噩夢中,看到那隻恐怖的眼睛。

人的死亡,絕望的歸宿,卻也是圓滿的結局。

100

倪匡曾有三次瀕臨死亡的經歷,生死一線間,臨死之前的感覺,兩次都一樣,面臨生死大關,都是水厄,差一點在水裏淹死。1951年3月7日,在華東人民革命大學受訓3個月後,倪匡從上海到蘇州吳縣,參加為期一周的「土地改革運動」。他住進位於關門外北兵營的「華東人民革命大學第四院」的宿舍。是日下午,他坐着馬車在市內暢快遊覽了一陣,在玄妙觀飽嚐各種鹹甜點心,初次離開生活了16年的上海,只覺處處新鮮有趣。

3月8日,濛濛細雨。原本應該參加什麼討論的,但生性自由

散漫，他偷偷溜出，跳上了馬車，直奔虎丘，遊名勝古蹟。三月江南的天氣還相當冷，身上「裝備」甚多，外套是一件童子軍的制服大衣，穿的是長統膠靴。

去虎丘之前，先到西園看羅漢，沿途走小路時，踢到一個骷髏，江南鄉下，葬地凌亂，每有走小路見屍骨的情形。到了虎丘，他在生公説法石上坐了許久。

這塊暗紫色的盤陀大石，被稱為「千人石」，即虎丘中心。遠處的篆刻為「千人座」，平坦如砥，廣達二畝，可容千人，故名之。相傳西元前496年吳王墓建成後，賜鳩酒於此，設鶴舞助興，千餘名修墓者在此飲酒，鳩毒發作，慘死在這塊巨石上。到了東晉，高僧竺道生在此説法，雖生公滿腹經綸，口吐蓮花，吸引「千人座」，但信者寥寥。成語「生公説法，頑石點頭」由此而來。旁邊白蓮池中的石上刻着「頑石」二字，指的就是這一故事。竺道生認為「入道之要，慧解為本」。竺道生最有影響的思想，是其佛性論和以此為依據的頓悟論，漸修頓悟，由修而悟，頓悟之前，必須修行、讀經，這些都是漸修功夫，以此「伏惑」即斷滅各種

煩惱，最終頓悟成佛。

此時的倪匡，少年怪傑，十六七歲，似乎沒有什麼人生「煩惱」，他有他的「頓悟」。他這個人，即使幾十年後，也從來沒有什麼人生大目標，什麼理想夢，什麼大願景，對他而言，早已「修煉」得心硬如鐵，刀槍不入。

離開生公說法石，他便從那刻有「虎丘劍池」四個大字的月洞門中，走了進去，只見窄狹的潭水，黑黝黝地，並不十分起眼，抬頭望，是西施吊橋。他在洞門口徘徊了一會，看到右邊近斷崖處，潭水甚淺，穿的又是長筒膠靴，足可涉水而進，尋幽探秘一番。於是，他小心翼翼，右手扶山壁，踏着水中岩石，向內走了進去，走進20來步，已到盡頭，停了片刻，轉身，再走回來。

誰知進去時，右手扶山壁，比較能着力，出來時，變成左手扶山壁，全然無可着力之處。他心中有些慌亂，浸在水裏的石頭面上相當滑膩，一腳踏不住，尚來不及想發生了什麼事，整個人一下子就滑進劍池寒水。

當時，他全然不會游泳，衣服又多，加上長靴。他身子一直往下沉，水灌口鼻。他忽然睜大眼，看出去，是一片碧綠，無邊無際的碧綠。當其時，他神智清醒，心地平靜：原來我要死在蘇州，原來我要死在蘇州！除了這一點，他什麼也沒想，如此平靜，與他以後人生的午夜夢迴，思緒起伏，判若兩人。

那時，他身體在做什麼動作，事後完全想不起來了。他只記得，突然間，手像是抓到了什麼，接着，就被人拉了上來。那位救命恩人是孫丕烈。據他説，在月洞門口聽到一下呼叫聲，尋聲才看到倪匡墮水。不過，倪匡卻對自己落水前發出過呼叫聲，渾然不覺。

此時，不少人圍攏上來。幾個蘇州長者嚷嚷着：劍池水深兩丈，常淹死人，沒聽説過落了水又被救上來的。倪匡全身濕淋淋，回到宿舍，尚未正式「土改運動」學習，已被公開點名批評了。

事後，那位孫丕烈，與倪匡還時有往來。一次，倪匡往訪不遇，原來此君已因「召妓」罪被判徒刑，自此下落不明了。

在死亡的邊緣，心境竟然極度平靜，毫無恐懼感，而當時又是確知自己會死的。這只是他個人經歷。事後，他回想自己這一遭遇，好奇其他瀕臨死亡經歷的人，是不是也一樣，真希望自己有機會與他們切磋交流。

第二次差點被淹死，是在內蒙古呼倫貝爾盟紮特旗。有一條河叫綽兒河。那時，倪匡已學會游泳。

104

接連幾天大雨，那天雨稍停，倪匡玩性又起，他要去游泳。誰知河面增闊，河水暴漲，但是卻不知道河水變得這麼湍急。他在河灘下水，水才及腰，已站立不穩，心知不妙，還沒來得及有個想法，人已被激流冲走。湍急的河水，無數大小漩渦，一路翻翻滾滾，他被冲遠了，眼看一座大木橋，不遠處迎面而來。他心想，非撞在橋柱上不可，於是雙眼一閉，腦海中全是水流的影子，畢竟還是死在水裏，心境卻是一樣平靜無懼。不一會，倪匡睜開眼，孰料，人被冲到橋柱之前，並沒撞向橋柱，而從旁掠過，就着百分之一秒的機會，他下意識抱住橋柱，撿回了一條命，但已被冲出三公里。這次經歷，他總算明白了什麼叫作「船到橋頭自然直」。

倪匡面臨的三次生死關，兩次與水有關。還有一次是差點凍死。

1951年12月，黃海之濱，修築海堤。那天上午，風和日麗，氣溫大約攝氏六、七度，勞動之際，倪匡一件單衫，尚且冒汗。午飯過後，接到新任務，倪匡和另一位同事，帶18個人，去勞改農場糧站領糧食，糧食總數2000斤，來回30里路。那是很爽的工作，倪匡和那同事不用挑米，是幹部監工，4小時左右可完成，沿途還可以散心玩玩。出發之後，不急不緩，到了糧站，領了糧食，回程走出不到兩三里，颮起颼颼寒風，搖曳着參差不齊的樹枝，發出嘎嘎的響聲。地上狼藉不堪的殘葉漫天飛舞，似是迎接嚴冬的一場盛大舞會。滿天烏雲，北風呼號，愈走愈冷，冷到了不可思議的程度。

所有20個人，身上都算是有棉襖的，生活條件差，大都穿的「空心棉襖」，即棉襖之內，再無別的襯衣。而且棉襖也是舊的了，棉花硬而疏空，已不足禦寒，而這時，每一個人都感到了嚴寒。

天色愈來愈黑，看起來下午和黃昏一樣，荒地之上，只有他

們這一行人正走着，呵氣成煙，除了呼嘯的北風之外，沒有人出聲，也沒有人停步，天地茫茫，這時真感到人的渺小。寒風蕭瑟，氣溫直線下降，更嚴重的，還是那使人感到極度痛楚的寒冷，臉上是早已麻木了，手、腳也失去知覺，寒風吹在身上，如同一刀一刀削來。

倪匡和那位同事是空手的，跳着跑着，以求不被凍僵，而那18個人，每人都挑着百來斤糧食，依然一步一步艱難移步。四周圍別無房舍可以避寒，前進和後退，也差不多路程，只有硬着頭皮向前闖。

突然，有兩個人倒了下來，這兩個人一倒，負責帶隊的自然要去看。倪匡趨前，只見那兩個人倒在地上，身子蜷曲。臉上帶着一種詭異陰森莫名的笑容。這時處境如此糟，這兩個人還在笑，真是無法不發怒，倪匡聲嘶力竭大喝：「他媽的，快起來，還笑，有什麼好笑的！」

對這喝罵聲，他倆竟然一絲反應也沒有。倪匡伸手去推其中一個，觸手冰冷僵硬，當時，只聽得一下慘叫聲，也分不清

這聲慘叫，是倪匡還是其他人同在那一刹間喊出的，他們發現這兩人已凍死了。倪匡立時決定：放棄糧食，向前狂奔，找地方逃命。他那位同事卻還認為如此拋棄糧食，罪名嚴重。倪匡當時就罵了一連串髒話。眾人不顧一切，棄糧奔走，一路奔，一路有人不支倒下。所有倒下的人，臉上都帶着那種陰森森的笑容，詭異而在嘲弄什麼似的。最初，有人倒下，倪匡還會去查看，而後求生的本能驅使下，唯有在刺骨的寒風中，拚命往前奔，其他的事都顧不上了。

路邊上，有一家民房。倪匡發現後，冰凍的心終於一熱。他第一個撞開門，闖了進去。那同事跟着他也闖了進去，屋裏的鄉民嚇得不知所措。不一會，他們就知道發生了什麼事，一個中年漢子抱着乾草，塞進灶中，示意倪匡他們靠近火坐下。

鄰家的狗不停在吠。風在咆哮，屋後的那片竹林發出嘩啦啦的聲音。倪匡看着鄉民，不禁打個寒顫。他倆坐下後，倪匡身子顫抖得像籮糠一樣，他望了望對方，臉色青紫，嘴唇發黑，自己的樣子當然也好不到那裏去，心中只想到一點：不要笑，不要笑，一笑就是凍死了。一個中年婦女不說話，灶

上生了火，她就默默舀水進鍋，一小碗一小碗給他倆喝，先喝的是凍水，水入口入心入肺，慢慢再喝溫水，最後喝的近乎沸水時，倪匡才長長呼了一口長氣，命算是撿回來了。

在鄉民家中躲到翌日下午，拯救隊一路尋找，挨家詢問，總算找到倪匡他倆。拯救隊帶來棉衣棉褲。離開時，無以為報，他們送了鄉民20斤糧票。鄉民自始至終，沒說過什麼話，只當問及何以死人還要笑時，那中年漢子回了一句：「反正死了，笑着總比哭着好。」倪匡聽了，此話大堪回味。

事後方知，那一天，氣溫驟降至攝氏零下14度，那18個人，無一倖免。整個工地上，凍死的不止那18人，究竟凍死多少人，誰也說不清楚，就算不在路上，窩棚又何足以禦嚴寒？單是在毛坑中凍死的，隊裏就有三個，兩三個窩棚的人，擠進一個窩棚，再把所有可以禦寒之物，全部用上，還是有人凍死在人堆中。怪異的是，寒流兩天就過去了，氣溫又到了零度以上，死的死了，也沒有人埋怨什麼。那次得以倖免，一來靠年輕，能在最後關頭，衝進那鄉民屋子；二來靠鄉民懂得如何救活，先喝凍水，漸漸加溫到熱水，不然就算

不死，會有什麼後果，也真難説得很。

凍死的人，那詭異笑容，倪匡始終不解，在他心裏，幾十年來始終是謎。他問了很多有經驗的朋友，回答是：一定如此，卻説不出所以然來。一位香港醫生説，多半是由於凍死的人，肌肉反常的僵硬，所以形成臉上肌肉變形，看起來像是傻笑一樣。

也許經歷過死亡，或者面對即將要結束生命的那一剎，真的很驚悚。不過，倪匡三次面臨死亡，都相當平靜，活着就好好的過，心境又何必激動緊張？一個人從出生到老已經很不容易，面對死亡，心態豁達。死亡，是人人必然會有的結果，由於死亡之後情形怎樣，臨死之前的感覺如何，都不能有言傳或文傳之故，所以，每一個人對死亡，都有恐懼感。這無可避免，除非真是看破生死，才了然無懼，那只有非常人才行。逃亡，偷渡，是一條與死亡結伴而行的路。倪匡卻無所畏懼。

此時，在上海的倪匡，靜待逃亡，等待着那個機構的

通知，何時動身，啟程逃亡之路。倪匡自稱從來沒有什麼雄心壯志、人生目標。不過，這世上總是有希望的亮點在遠處發光，正是因為有了這樣的勾引，人才能興致勃勃步步前行。30年後，倪匡與朋友談過所謂「人生目標」的話題。他說，「很多人以為我會有很高很遠的理想，或是定下很多人生目標，其實我本來就沒有什麼人生目標，這可能是與少年時期的生活艱難，之後更幾乎是死裏逃生才逃到香港的背景有關」，「那時我唯一的願望就是『若能讓我在香港過10年自由生活，我就已經很滿足，好開心了』」，「直到現在，每當我看到一碗白飯放在面前，我都會十分滿足，甚至會哈哈大笑，想起『泰國香米，新鮮出爐的香米白飯』，心裏那分喜悅，真是不能以筆墨言之。我相信這就是困苦日子令我容易滿足生活，以至對人生的起伏，都可以看得清淡平和」。

在上海，倪匡度日如年。等待的焦慮折磨着他。

一天，他終於接到啟程的通知。他聽從安排，坐火車去廣州，三天後偷渡去澳門。

那天，一二十人，有男有女，幾乎都是年輕人，眾人坐一輛大巴士。倪匡只是聽從安排而行事，人在江湖，身不由己，分不清東西南北，只是跟着走而已。這偷渡的旅程，是意想不到的公然狀態，明目張膽，毫不顧忌。幾十年後，倪匡自己都沒想明白，去澳門算是偷渡嗎？

他在澳門住了幾天。1957年7月，再由澳門偷渡香港。當時倪匡乘坐的是一艘運菜的船，一大幫偷渡者都被塞在船的暗艙裏，到了公海，見沒人巡邏，眾人就走上甲板休息，呼吸大海的新鮮空氣。看到遠處有燈光，眾人又急匆匆鑽進暗艙。幾十年來，曾經有人撰文說，倪匡在偷渡路上「吃棉花」、「吃老鼠」什麼的，全是道聽途說，胡說八道，根本沒這回事。偷渡安排，一路上是很周到的。倪匡跟隨他們到了香港九龍，就在一個碼頭偷偷上岸。翌日，倪匡等一眾人被帶去政府機構辦身分證，填表，給一張照片。由此，倪匡成了香港公民。

此時，倪匡22歲。至今57年來，他沒有再踏足過大陸。

大約二十二歲的時候攝於《真報》編輯部的照片，想不到這些年來此相曝光率頗高。

第二章

暗暗

暗暗

題

第二章

1

叉燒飯是倪匡在香港的第一頓飯。

他第一分工是鑽地工，後又去染廠做雜工。工友不信他會寫小說，倪匡憋了股氣，花一個下午寫萬言小說，竟然真的在《工商日報》上發表了，而後寫起專欄。倪匡又給《真報》寫雜文投稿，屢投屢用。

《真報》錄用他，從校對、助編、記者到政論專欄作家。寫作是他唯一本事。

秋去了，冬走來。冬天又去，便是春光。

倪匡獨自走在告士打道上，當年這條路，傍着維多利亞海港。他坐上渡輪，去九龍，荃灣。

輪船緩緩移動着，天也跟隨着一起移動。倪匡在渡輪上，風迎面吹來，沁入心底，涼涼的。港灣的海水捲起層層浪花，那朵朵浪花，就像歡快孩童相互追逐，盡情在浩瀚的海面上

撒歡。風從遠處帶來塵土和污垢，肆意撒向海面，海浪把它們捲起，神奇的變幻出新的面容，又保持自己蔚藍顏色。倪匡看到波浪推來一堆浪渣，港灣的海水悄悄把它吞沒了，毫無聲息，仍然蕩着微微的波，笑迎着飛來的一切。

港灣的水面接納過無數的風風雨雨，卻沒留下任何歷史的痕迹。寬容就是這海水的胸襟，就是這海水的氣魄，就是這海水的靈魂。它始終用一面平鏡對着每天都有千變萬化的天空。

人生常會有很多不如意，其實那一切的不如意，就像是海上的漂流物，接受它，容納它，吞沒它。能寬容一切，一切就改變了，平靜了，過去了。人生何必太苛求。人常常對着生活笑笑，生活也就常常笑對你。

倪匡望着海水，想着前不久成功偷渡的那一刻。

踏上香港土地，倪匡身上還留了幾個錢，先買一碗飯吃：叉燒飯。這是他在香港的第一頓飯。一大碗的飯，飯上面鋪着幾塊實實在在紅彤彤的叉燒，肥得漏油，油流到碗邊，黏在手上，那種感覺，尚未吃，香噴噴的情愫，已經令倪匡陶醉。他看着這碗

叉燒飯，笑了：「天下哪有這麼美味的飯。」上海當然也有叉燒飯，但絕對沒有如此的色香，也不是普通人有錢吃得起。

叉燒飯是廣東、台灣、香港、澳門，以及新加坡、馬來西亞等地區的茶餐廳、酒樓及港式快餐店常見的食品，是叉燒加叉燒汁或醬油蓋住一碗或一碟白飯而成。當年，何鴻燊旗下的澳門博彩股份有限公司，對光顧葡京和回力娛樂場的境外遊客，免費派送一客葡京潮州酒樓或喜萬年酒樓的「懷舊叉燒飯」，作為吸引賭客的漂亮一招，傳為佳話。

直到幾十年後，倪匡看到大碗飯，還會自樂。其實倪匡原本就沒有什麼宏偉的人生既定目標，或許是因為少年生活困頓，逃亡香港艱辛的背景有關。倪匡在那時候唯一願望，就是「若能在香港過10年自由生活，就已好開心了」，而直到幾十年後的今天，每當他看到一碗白飯放在面前，都會感到滿足而哈哈大笑，想起「泰國香米」，新鮮出爐的香米白飯，心裏那分喜悅，難以筆墨描述。他相信這就是困苦日子令自己比較容易滿足生活，以至對人生的起伏，都可以看得清淡平和。倪匡是個很容易滿足的人，他説，早上醒來打開

水龍頭馬上有水出來，就會很感動了。

倪匡初到香港，只是在北角一間小屋，臨時安了一張小帆布牀，後來認識了幾個朋友，他四處睡，居無定所。他沒有依靠父母和親友，直到有了固定收入，他才長住父母的家。在香港最初的日子，他相當落魄，語言不通，又沒一技之長，只能做重體力勞動的雜活。荃灣工廠區是香港找勞工需求量最大的地區之一。上世紀五十年代末，大陸移民湧入，令大角嘴、荃灣、觀塘的加工業發展紅火，相比做紡織製衣的長沙灣、做塑膠製品的新蒲崗，規模完善多了。

荃灣，青山道一帶，中國染廠集團公司，當時還沒有中國染廠大廈，那是後來1980年才建的，不過當年這一帶有很多小型廠房。每天一大群人散落在那兒，等待工頭來招人。

倪匡第一份工作是鑽地，就是雙手拿個鑽地機，咚咚咚咚打穿地面，鑽地機分120磅、180磅的兩種。倪匡當時年輕，手臂肌肉看起來還不錯，工頭給他試了180磅的，它每打一下地，就反彈180磅的力給他。不過工資也高，一小時有4塊錢

117

港元，那時候普通工人一天也只不過6塊錢而已。倪匡幹了
兩個小時的鑽地後，臉龐及四肢被太陽曬得黑黝黝的，全身
骨架也都震得快散了，真有點受不了。後來倪匡又去染廠做
雜工，手浸在染缸裏，雙手的皮都脫得很厲害。

時間久了，他與二三十個年輕人混熟了，每天一大早就聚集
在荃灣廠區的空地上，等工頭來招工，日薪3元7角，給工頭
抽去八角，剩下2元9角。二三十人，不是人人有幸被工頭挑
中去開工，總有幾個人留下，沒有活幹。他們團結互助，沒
活幹的，傍晚就等幹完活的工友回來，眾人一起分錢、吃晚
飯。一次，不夠錢吃飯，只能去茶餐廳喝杯飲料。

倪匡點了咖啡。看到桌上一缸糖，他問工友：「這糖怎麼
買，多少錢？」

「不收錢的。」

「免費？」倪匡一臉疑惑。

「免費。」

「隨便用？」

「隨你加多少糖。」

天下有這等好事？倪匡回過神來。糖不收錢，有了糖，肚子就不餓了。他往咖啡裏狠狠放了5勺白砂糖。直到今天，倪匡喝茶喝咖啡，還是要放很多塊方糖。

倪匡到了香港，從來不覺得艱苦，反而覺得自己富裕了。初到香港，他讀夜校，此後一切學問都是自修獲得的。在大陸時，農場工作收入極少，來港後每天幹活平均可淨收2元9角。每天吃7角一碗的叉燒飯，高興得不得了。那時在大陸大饑荒逃亡來香港，哪有吃過這麼好東西。到了香港，真是海闊天空。上海和香港距離並不遠，但完全是另外一個世界。

他追崇個人自由，人應該生活在一個有個體自由的社會中，身體和思想不受傷害。倪匡躺在維多利亞公園草坪上，望着藍天白雲，伸手伸腳，深深呼吸，倍感自由，完全沒有人干涉，自出自入，為所欲為，自由完全不受干擾。一個「無災無難」的自由人，是倪匡最嚮往的。

1957年，一天早上，眾工友在一起等開工。幾個人在看《工商日報》。

「這篇東西寫得好玩。」一工友在讀副刊上一篇萬言小說，每逢星期天刊登一次。

倪匡接過報紙，一面看一面說：「這種東西，我也會寫。」

「你少來啦。」兩個工友朝着他訕笑。

120

「寫小說不就是在讀自己腦中的故事嘛，不難。」

沒有人相信，他能寫東西發表在報紙上。倪匡憋了股氣，花了一個下午寫了篇近萬字的《活埋》，講的是中國大陸「土地改革」地主子女的遭遇，文章文藝腔重，也看不出什麼主題。他去投了稿，不過自己也不抱大希望，試一試而已。一周後，編輯給他回信，讓他去編輯部見面談談。

倪匡的稿子刊登了，這是他的處女作，那是1957年夏天。他第一次拿到稿費，竟然多達90港元。他驚異得傻了眼，偷笑了三天。那個年代，2塊9角都可以吃四碗叉燒飯了。當時

他在工廠、工地上從早做到晚，每日只賺得兩元九角，而用一個下午輕輕鬆鬆寫篇文章，竟然就有90元。倪匡後來才知道，1萬字小說，100港元稿酬，扣除標題和段落空白，因此只有90港元。那位編輯說：「你儘管寫來吧，我們認為可用的就用。」於是，倪匡連續投了10多篇，都發表了，倪匡都以筆名「衣其」署名。若干年後，倪匡一直想找到這位報館編輯，香港新聞界不大，倪匡就是沒找到他。

倪匡的第一部長篇小說《呼倫池的微波》，就是上世紀五十年代末寫的，背景為蒙古草原。那時他初涉文壇，寫完一稿還重抄一遍，邊抄邊改。那以後他無論寫什麼，殺青後絕不再看第二遍。

倪匡當時寫的小說，常常會在故事中穿插一些自己的議論，儘管有時寫得很隱晦。以後，他的好友、小說家古龍經常笑他：「你不是在寫小說，你在寫評論。」倪匡喜歡抨擊人性的醜惡，即使寫得隱晦，細心讀者還是會感覺到。其實，倪匡反對文以載道，但有時候他就是忍不住，議論幾句。

倪匡一邊在染廠做雜工，一邊繼續寫作。他一出手就成功發表，有一個原因就是他從小愛讀書，小學語文課寫作文，常常是班裏同學的範文。中文常用字3000個，初中畢業時他已熟練掌握。愛讀書，用他的話說，這是天生的。小時候，一般孩子總愛玩遊戲。所有遊戲，不論下棋、打球、摔角等，都是要爭勝負的，不是你贏，就是我輸，一定要用比賽競賽來比較。倪匡最不喜歡跟人比較，因此唯有多讀書。他從小就不喜歡參加集體活動，沒事做就捧書讀，不知不覺愛書成癖。

倪匡讀書，已是一種生活習慣，是他生活中的一部分，一天不看書就渾身不對勁。小時他看連環畫，長大一點了，就看經典小說。無論什麼稀奇古怪的書他都愛看，但最喜歡的還是小說。倪匡父母管教孩子的方式是任其自由發展。不過在倪匡很小的時候，母親就教他讀《孟子》，因此，他一直喜歡這本書。

讀小說，最初他看通俗小說，如《薛仁貴征東》、《薛丁山征西》、《說唐前傳》等；後來讀各種民間故事，之後是《三國演義》、《水滸傳》、《西遊記》、《紅樓夢》、

《聊齋誌異》，甚至《史記》。中學時代是做人一生之中最能吸收書本的時候，什麼書都生吞活剝，只有在這年代，才有耐性把長篇《約翰・克里斯多夫》、《戰爭與和平》、《基度山恩仇記》等看完。像一個發育中的小孩，怎麼吃都吃不飽。幾十年後，這些書，他都反覆閱讀，溫故知新，每次都有新收穫。

這些書好看。他從小喜歡想像，這些故事引人入勝，也不知道從何時開始，這些文字都在他腦中化為畫面。他一邊看書，就一邊在腦中製作電影畫面，畫面清晰。他十一、二歲時，讀到《水滸傳》，魯智深脫光衣服匿在牀上扮新娘，當小霸王周通撲過來時，他就赤條條從被窩中跳出來。忽然間腦中浮現一個又大又胖的和尚，從此看小說就有這個功能。任何名著改編的電視或電影，他都不看。因為在他腦中已有很多部改編的版本，絕對好看，他腦裏的小龍女，是真正的小龍女，楊過是真正的楊過。

倪匡最不喜歡讀那些所謂勵志的書，用當代的說法，就是「心靈雞湯」那類，教人怎樣思想、怎樣做人，他認為這些

全部是廢話。教人立志做人，他最討厭「有志者事竟成」這句話，不知道害死多少人，不知浪費了多少生命。那些道貌岸然的書，他都不讀。懂得思想的人又怎會看這些書呢？每人都有不同的想法，那些「專家」是要教人怎樣去思想。人的思想會自然地產生的，用不着去教。他又不是機械人，機械人就要輸入一些指令給他，但他是一個活人，活人的腦部活動會自己產生思想，不用那些「專家」去提醒，人總會根據自己的生活體驗、接觸的事物作判斷了。

嚮往四處出遊玩耍的倪匡，在中學生時曾想過，能像徐霞客那樣多好。他愛讀《徐霞客遊記》。不過，他總想不通徐霞客如此遊山玩水，花費從哪兒來，當時又沒有旅遊雜誌給他發表文章換稿費。

在香港10多年後，倪匡成了寫作大師。一次，他與一群年輕讀者交流時說：「寫作是我唯一的本事。從小學到中學，我曾想過，能做個旅遊作家就爽了。做學生時你我都寫過作文。我認為會走路的人就會跳舞，會舉筆的人就會寫文章。你想當作家？當然可能，不過跳舞的話，跳步總得學，寫作

也要練習。光講，沒用；你想當作家，就先要拚命寫、寫、寫。發表不發表，是寫後的事。為了發表而寫，層次總是低一點。不寫也得看，每天喊着很忙，看來看去只是報紙或雜誌，視線狹小。眼高手低不要緊，至少好過連眼都不高。半桶水也不要緊，好過沒有水。當今讀者對寫作人的要求不高，半桶水也能生存，我就是一個例子。」

他接着説：「我從小就喜歡看書，我覺得人腦的運作，跟電腦的運作差不多，一定要很多數據輸入進去，才會有東西出來，一個人不可能憑空會有知識。書籍、報紙、雜誌、電視、電影都是我的靈感來源。通常不必蒐集，有趣的資料自己會跑出來。我常常是看到某篇報道很有趣，才根據其中的內容構思故事。」

在倪匡的書房，看不到雜亂的寫作資料，只有一套參考書籍，即《少年兒童百科全書》，另有一本《辭海》。看那部百科全書，雖然是少兒讀物，不明白的事，看了就一清二楚，有物理、化學、文學、音樂、常識等，應有盡有，圖文並茂，對他而言，已經足夠用了。

在《工商日報》撰文，倪匡寫一篇就發表一篇，從來不會被退稿，他這一生寫作，說來奇怪，從沒被退稿。他自己都不明白，是運氣好，還是真寫得好。他在《工商日報》上開始寫專欄，每天一篇，1000字，有8塊錢稿費。

那時8塊錢是相當輝煌的，與女友約會，3塊看電影，5塊吃餐飯，4個和菜。倪匡有個專欄「生飯集」，什麼意思？他覺得寫寫字，飯就生出來了。再說，這個專欄的文章，每天在罵人，上海人罵人，「你吃了生米飯」，倪匡為自己起了這樣的專欄名，頗為得意。

接着，倪匡又給《真報》寫雜文投稿，屢投屢用。不過，倪匡始終沒有收到過稿費。有一次，他貪玩，投稿到共產黨的報紙《文匯報》去。副刊正在討論一篇小說的政治是否正確，倪匡寫了一篇《要批評，不要棒打》，結果也刊登了，在共產黨報紙上發表，嚇得他連稿費都不敢去拿。

他在《真報》主要寫政治性雜文，主張香港擺脫中國的負面影響。編輯說他的政治觀點很特別，竟然知道共產黨那麼多內

幕，很了解共產黨似的。那時候報館一有缺稿，就叫他來寫。

一天中午，《真報》社長陸海安約他去茶樓喝茶。一見面，陸海安就對倪匡有好印象：年輕，英俊，大氣。當年，陸海安也只是30多歲。

陸海安說：「你始終沒有收到稿費吧？」

聽聲聽音。倪匡一臉疑惑：「沒有啊。」

陸海安的臉：誠懇而無奈，給倪匡夾了兩塊廣東點心：「我們報館小，付不出稿費。」

倪匡倒也爽快：「稿費有沒有，無所謂，反正閒着，寫得也快，還給其他報社寫。」

陸海安聽了，一愣，這年輕人有理解心，雜文文筆老辣，現實生活中卻能包容：「你現在在哪兒做事？」

倪匡：「沒事做，閒着。」

陸海安沉默了一陣，給倪匡倒茶：「你就來報館幫手吧。」

「來做事？」倪匡有點意外，抬眼看着社長，旋即又問：「給人工（工資）的吧？」

陸海安笑了：「那當然。」

「多少？」倪匡直截了當問。

「一個月130塊，分兩期付，每期65塊。」

倪匡：「好。」他舉起茶杯與社長碰杯。倪匡此時喝下肚不是茶，而是滿肚子得意，這份收入，讓他笑了三天。

《真報》錄用他進入報社打工，從工友、校對、助理編輯、記者到政論專欄作家，用筆名「衣其」寫專欄。倪匡寫專欄，總和別人有點不同。當時的專欄，作者多數講些身邊瑣碎雜文，他就專門講故事，或者描寫人物。每天一篇，都有完整的結構，有紮實的內容。不少老作者都誇這個專欄的短文寫得好，問題在於作者能不能持久，他們沒想到倪匡一開始就有備而來，他讀過很多書，雖然年輕，卻遭遇過很多難得的際遇，去了很多地方，結識了很多人。

那是1958年。《真報》上有一個叫司馬翎的人寫武俠小說，一天2000多字，寫了一半斷了稿。陸海安正發愁，見倪匡在辦公桌寫着什麼，便說了此事。他問倪匡：「怎麼辦？不能開天窗啊，能找誰另寫些什麼？」

倪匡想都沒想：「很簡單，由我接着寫。」

陸海安：「武俠小說？你也行？」

倪匡信心滿滿：「我從小就喜歡看武俠小說，堪稱大鑑賞家。看得多了就能寫，絕對沒問題。」

陸海安笑了：「你還真行。」

倪匡替司馬翎續了一個星期的武俠小說稿，讀者沒看出破綻，讀倪匡代筆的「司馬翎」的武俠，依舊津津有味。司馬翎自己又寫回了。寫了一陣，他乾脆不願寫了，要停筆。陸海安叫倪匡續寫，倪匡就寫完那篇小說。1000字3塊錢，1個月180塊稿酬。一想到這不薄的稿酬，倪匡便一陣竊喜。

1957年，與老三倪亦方攝於鞍山公園。當年親自設計並找來裁縫訂造的翻領外套，現在看起來也很潮。

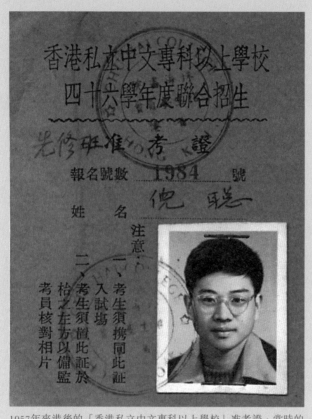

香港私立中文專科以上學校

四十六學年度聯合招生

光修班准考證

報名號數　　1984　　號

姓　名　　倪聰

注意：

一、考生須攜同此証入試塲

二、考生須置此証於枱之左方以備監考員核對相片

1957年來港後的「香港私立中文專科以上學校」准考證，當時的報名號數是1984號。

倪匡傳：哈哈哈哈

2

上世紀五十年代末，正是香港武俠
小說創作高峰期。倪匡喜寫武俠小說，
衛斯理系列、女黑俠木蘭花系列、原振俠
系列……自稱是「自有人類以來，漢字寫得最多
的人」。他寫作速度最高紀錄是一小時4500字，
有幾年，他一天寫2萬字，同時要為12家報紙寫
長篇連載，但從不脫稿，一夜花天酒地，
翌日醒來，頭痛也支撐着寫。他自稱這
是「專業操守」。

那是1958年。接着，倪匡什麼都寫。不過，寫影評是沒有稿
酬的。用筆名「岳川」為《真報》寫武俠小說，並逐漸由業
餘寫作轉為職業寫作。倪匡離開《真報》後，轉為《新報》
寫稿。

倪匡寫影評，是寫着玩的。倪匡在《真報》工作，一天，編輯
說：「今天影評沒有了，上海仔，你來寫一篇。」他說：「我
還沒有看片呢。」編輯說：「看戲來不及了，你看說明書吧。」

那時候，五十年代末，導演張徹從台灣來香港，在《新生晚報》也寫影評。張徹是很霸道的。張徹的影評，一般不評電影，只評別人的影評。他儼然像個皇上皇。倪匡說這部電影好看，張徹說倪匡講得不對，倪匡的影評完全不通。於是，兩人打筆戰，文章常常對罵。其實，當時香港新聞圈很小，筆戰打得多了，一班上海人在一起說，張徹我們認識，倪匡也認識，大家就約在一起吃飯聊天，多好。張徹和倪匡一樣，也是在上海長大的。由此，他倆做了朋友，友情長達40多年。那個時候，他倆幾乎天天見面。後來張徹突然找倪匡寫劇本，倪匡說：「我不會寫劇本。」張徹說：「那你就當小說那樣寫吧。」倪匡說：「這樣我就會啦！」

影評寫了不到三個月，《明報》就來找倪匡了。張徹向歷史小說名家董千里介紹與倪匡相識，又是個上海人，談得投機。張徹編的《武俠與歷史》，是由明報出版社出版的，倪匡用筆名「岳川」開始在《武俠與歷史》寫武俠小說。除了寫短篇，還寫了長篇《和尚搶書》，寫一大群和尚去搶一本經書。倪匡在《武俠與歷史》的小說愈寫愈多，中篇、

133

長篇都有。

張徹，原名張易揚，上海人。武俠電影巨匠，為現代武俠電影鼻祖。上世紀六七十年代，是香港影壇最有影響力的人物之一，香港人稱他為「香港電影一代梟雄」，在香港電影黃金時代，張徹的名字如雷貫耳，他導演的電影是票房的保證，他也當之無愧地成為邵氏公司的頭號招牌導演。

134

導演張徹在片場罵人，是香港娛樂圈眾所周知的。倪匡說：「那時候的導演一定罵人。導演很威風，坐在那裏，咬一根雪茄，戴一副墨鏡，身邊有四五個人服侍，他一起身，大家就搬起那張椅子跟他走。我認識的導演沒有一個不罵人的。張徹導演的文化水準很高，在電影界，文化水準最高的就是他，他自己也寫劇本、小說。他和胡金銓導演的文化水準都很高。現在電影界的那些名人懂文化，愛讀書的已經不多。」

一次，張徹帶倪匡去台北跟一夥國民黨將軍討論一部電影劇本，張徹想拍一齣戰爭片。有位將軍說：「你們的戰爭片拍攝打日本人的很多了，應該拍我們怎樣跟共產黨打！」倪匡

聽了頗感動，心想：國民黨將軍心胸確實廣闊，令人敬佩。
倪匡接過話題，說：「你們現在的思想真是開放進步，懂得
汲取失敗的經驗，以後反攻大陸也許有希望啊。」誰知，
那將軍面色一沉，說：「為什麼拍我們失敗的經驗？要拍我
們怎樣打贏共產黨呀！」倪匡說：「如果你們打贏共產黨，
我們今天的例會應在南京開，跑來台北幹什麼？」那將軍怒
視倪匡，沉默了一陣，走了出去，不一會兒，他又回來了，
手上拿着一把手槍。他瞟着倪匡，把槍狠狠擲在桌上，說：
「你這是匪敵說的話！亮出你的身分！」倪匡突地站了起
來，正欲理論，張徹早已嚇得臉都青了，硬拽着倪匡匆匆
往外走，他倆連夜坐飛機返港。

以後，倪匡與張徹每每說到此事，倆人便哈哈哈哈笑得
瘋狂。倪匡與張徹情同手足。張徹於2002年6月22日逝世。
邵逸夫爵士對這位老臣子不薄，一直讓他住在宿舍裏。當
時，倪匡還居住在美國，聽聞死訊，說79歲張徹臨走之前，
頭腦還很清醒。倪匡感慨說：「其實，人老了，頭腦清醒，
身體不動，有什麼用？不如老人癡呆症，身體還好，頭腦

不行，像個小孩，或像老頑童，那才好。張徹這位老友，早點走，總比賴在那裏不走為好。」

香港武俠文學界頗具權威的《武俠世界》周刊，創刊於1959年，其時正是香港武俠小說高潮，不少武俠小說大家，如梁羽生、古龍、金庸，都是它的座上賓，堪稱名家薈萃，猛稿如雲。金庸當時在《香港商報》寫《碧血劍》和《書劍恩仇錄》，與梁羽生在《新晚報》寫的《冰川天女傳》等，風靡一時。不少讀者就是為了要看這篇武俠小說才去買那份報紙的。後來，《武俠世界》的皇牌是馬評家叔子，用另一筆名蹄風所寫的武俠小說，諸如《天山猿女》、《武林十三劍》等，也請仍在上海的孫了紅寫《黃毛怪人》。

倪匡喜寫武俠小說，他認為，武俠小說是一種非常好看的小說品種。他坦承自己寫這麼多科幻小說，其實全部是武俠小說，是科幻式的武俠小說。衛斯理、白素的武功都很高強。金庸第一眼就看出來了，倪匡完全不懂武術。倪匡說，懂歷史的人不懂寫歷史小說；懂武術的人不懂寫武俠小說；懂科學的人不懂寫科幻小說。小說完全是虛構的，天下間根本

沒有寫實小說這一回事。

1959年，查良鏞（金庸）出資8萬港元，沈寶新出資2萬港元，共同創辦《明報》，每日出紙一張。創刊初期，沈寶新管營運，金庸負責編務，潘粵生作他倆助手。新創辦一份日報，要贏得讀者，相當不容易。為迎合讀者口味，不時變化新聞取向，調整副刊欄目，金庸把自己寫的武俠小說，刊於《明報》，實行「肥水不流別人田」，他抱病創作《神鵰俠侶》，許多人為了看金庸武俠，開始關注《明報》。不過，《明報》第一年依然虧損，銷量仍在千份上下徘徊。20年後，倪匡說起當時情景，感嘆說：「《明報》不倒閉，全靠金庸的武俠小說。這是誰都不能否認的。」金庸的武俠小說漸漸打穩《明報》讀者基礎，加上沈寶新的經營手法，《明報》的廣告業務才穩步上升。

在倪匡心目中，金庸小說，天下第一，古今中外，無出其右。他至今對《鹿鼎記》、《天龍八部》及《笑傲江湖》等，仍愛不釋手。倪匡女兒年少時，老師建議她在暑假期間看《戰事與和平》，老爸卻給她更好的建議：「要看就不如

看《鹿鼎記》嘛，不知有多好看。」

當時，《東方日報》「龍門陣」副刊由周石負責，他善於發掘新作者，他常請人飲茶吃飯，私下聊天，聽到對方在茶敘飯局上說故事精彩，就鼓勵他們寫東西，倪匡就是其中一個。倪匡在「龍門陣」寫專欄，名聲大了，朋友推薦倪匡給《明報》。

那時候的《明報》副刊人才濟濟，擠進去相當不容易。金庸很重視自己《明報》的副刊，作者都由他親自挑選，他觀察了倪匡一批文章後，才點頭請倪匡寫專欄。在《明報》副刊，倪匡有個專欄「草草不工」。意思不工整，意帶謙虛。當年，倪匡拜馮康侯為師，研習書法和篆刻。馮康侯寫了一個印稿讓倪匡學刻，就是「草草不工」四字。倪匡很喜歡這一方印。倪匡在《明報》上的專欄，頗受讀者青睞。一次，潘粵生對倪匡說：「當時做的多次讀者調查顯示，你的東西擁有讀者最多。」倪匡聽了笑了：「哈哈哈哈，也算是對金庸先生有個交代了。」

1961年，在《明報》成立兩周年酒會上，倪匡見到查良鏞，查良鏞就叫他去《明報》上班。

最初月薪630港元，由沈寶新發的，其中有一張500元的大牛，香港人叫它為「棉胎」（棉花胎），像被子一樣大。這500元紙幣，倪匡還是第一次拿在手裏，內心有一種異樣的說不清道不明的感覺。回家後，倪匡拿着那張「棉胎」拚命往牆上刮，看看是真的還是假的。在粉白的牆上刮，真的會留下一絲絲顏色，假的一點也留不下。這張「棉胎」刮出了顏色。

在香港，當年是武俠小說全盛期，報紙上除了查良鏞的文章外，需要人寫長篇武俠，每天2000字左右。查良鏞一時找不到人寫，就叫倪匡寫了。

倪匡寫的是《南明潛龍傳》連載武俠小說，連載了幾十萬字，還出了書。查良鏞很少給別人的書作序，卻替倪匡這部書寫了前言。20年後還有人記得這部書，批評倪匡寫得爛，倪匡聞悉笑着承認：「我從來沒有說自己的文章寫得好，

看得下去就是嘛。」倪匡早期武俠作品包括「女黑俠木蘭花」、「浪子高達的故事」、「神仙手高飛的故事」，以及《六指琴魔》、《五虎屠龍》等武俠小說。

倪匡的寫作速度，任何人都難以想像。他自稱是「自有人類以來，漢字寫得最多的人」。此話不假。他寫作速度最高紀錄是一小時5000字，用他的話說，那是所謂「革命加拚命」的速度，最慢也有一小時2500字。他平均每小時可寫500格原稿紙9大張，偶而趕稿，則可寫10張，即5000字。有那麼幾年，他一天寫2萬字，上午的兩個半小時寫1萬，下午的兩個半小時寫1萬，同時要為12家報紙寫長篇連載。要寫稿快，倪匡有兩大秘訣：一是用廉價圓珠筆，折半而減輕分量，寫字就能快捷；二是字體要靠邊，或左或右都行。

倪匡說：「寫報紙連載小說，好處是不得不把文章逼出來，壞處是根本沒有足夠時間讓作者去思考。我下筆前都不會想，一步步該怎麼寫，10萬字小說，10天殺青。小說有了人物性格，情節自然會發展，自然會結束。老套點說，就是角色有自己的生命。寫稿是我唯一職業，我賣文為生，要養家

140

活兒，就要不斷地寫，確保有固定收入。」當時他最高的稿費加版稅，一年超過200萬港元。

倪匡閱讀速度快，最快一天能閱讀20萬字的小說。倪匡說話也快，快如連珠炮，他是急性子，長期養成的習慣，難以慢下來。說話比寫字速度快10倍，有人曾統計說，倪匡說話最快記錄是5秒3句。倪匡坦承，不是他腦筋轉得快，而是放慢了就說不出來。他原本是左撇子，遭硬性矯正，從小受「腦傷」，因此生活中他根本左右不分。

141

初寫作時，他沒想過要出書，沒有將報紙剪存，到要出書時，好不容易才搜集齊全。讀者在網上評價他的小說，倪匡卻讀得不亦樂乎，「他們和學者不同，是從娛樂角度出發評價，看得比我更仔細。」

他說：「我的作品，可即食亦即棄。我寫作是不負責任的，讀者不要把我看太高，除了第一篇稿有謄寫一遍之外，我以後寫完稿，看也不看一遍。小說是為大眾服務的，不是為少數文學家服務，這點我認同毛澤東。那些教授怎知道什麼是

小説？他們都不寫小説。不過仗着地位發表意見，影響力較大而已。」倪匡寫作不費神，不費氣力。難怪他女兒常常笑他：「爸爸寫稿完全不用腦的，所以沒有白頭髮。」

倪匡寫作生涯，令自己頗為自豪的，是與妹妹亦舒一樣，同時擁有10多個專欄，但從不脱稿。一夜花天酒地，翌日醒來，頭痛也支撐着寫。他從不嚴肅，但卻認真。他自稱這就是「專業操守」。雖這麼説，每天同時面對不同報館的10多個專欄，有時會發錯了稿，把該給東家的，傳真給了西家，不過，倪匡從來不擔憂，不同報館的編輯會自動交換，他們都熟悉倪匡在哪張報紙有什麼專欄。對此，倪匡自豪而自慰的是：「文章內容，我可從來沒有搞錯過。」

倪匡也曾經嘗試寫文藝小説，不想讓其妹妹亦舒專美。《呼倫池的微波》以內蒙古呼和浩特的草原風光作背景，寫情情愛愛，這是他第一本書，後來再也不寫文藝類的長篇小説了。他自認用心寫的，還有《倪匡短篇》，每篇2000餘字，但沒有讀者喜歡。這就是他嚴肅創作的全部了。他説：「寫文藝小説，太辛苦了，每一個細節都不能胡編。我很

佩服瓊瑤。男女之事，不過是兩女一男、兩男一女，偏偏她可以變出這麼多花樣。我寫科幻小說，可以天馬行空。」

倪匡的小說，是根據道聽途說的野史、民間傳說等，加以無限擴充，間中穿鑿附會，初期還以少時讀過的書作為素材，後來乾脆下決心不再查閱資料，僅僅依賴想像力投射，很多科幻作家的「可信性」情意結，他從來沒有，放肆寫而特別揮灑自如。

他曾構思過一部小說《毛主席萬歲》，主人翁母親在長征途中懷了他，抵達延安生了下來。他一直當官，文革時期已是副部長級，卻被拉下馬批鬥，戴高帽、掛紙牌，一邊高喊「毛主席萬歲」，鬥他的人也高喊「毛主席萬歲」，雙方都喊「毛主席萬歲」，最後在「毛主席萬歲」聲中死了。當時，倪匡在文壇已頗具名氣。但跟出版社說了這一選題，人人都唯唯諾諾，迴避話題，要倪匡先寫些科幻小說給他們。倪匡感嘆，想不到自己想兼顧文藝創作，市場一樣不買賬。後來上海率先推出傷痕文學，很快傷痕文學成為中國文壇一種現象。倪匡知道自己不用再寫了，寫的話必定沒有大

陸那些作家寫得好。他們感同身受，寫得有血有肉，自己逃離大陸時，連反右運動都沒開始。

倪匡的寫作，一發不可收。報紙上已經有金庸和倪匡寫的兩篇武俠小說了。查良鏞提出還要寫一篇新派武俠小說，又指定倪匡寫，用不同筆名。倪匡寫作，一是為謀生；二是為興趣；三，用他自己的話說，是「沒別的本事了」，他沒有第二種求生本領，「不會做生意，不會做買賣，沒有念過書，沒學歷，不會講英文，只懂得爬格子餬口」。

144

香港文壇，小說連載也好，專欄也好，倪匡的作品特別搶手，他的稿酬也炒得奇高，唯有《明報》過於偏低，倪匡對老闆金庸一直很敬重，都是好友，也就難以計較了。對倪匡的稿費，查良鏞表面顯得很闊綽，說會再另給他1000字10港元。倪匡聽了，心中滋潤得很。不過拿到合同一看，卻變了滋味。合同訂得很苛刻，10港元之中，有6港元是稿費，4港元是版權費。稿費加版權費？倪匡一琢磨，明白了，今後出書，公司不會再付版稅稿酬。倪匡心中一沉：那是以後的事了。倪匡為自己不是滋味的滋味，自我解脫。

一次，參加一場宴會。倪匡帶着幾分酒意，拿着酒杯，貿貿然走到金庸身前，金庸也拿着酒杯，見倪匡走近，笑着碰杯。

「查先生，《明報》真是愈辦愈好啊。祝賀，祝賀。」倪匡知道《明報》一年都賺了幾千萬，作者的稿酬就是不提高，這次，他壯着膽要開口了。

金庸笑吟吟説：「全靠大家，全靠大家支持。」

「聽説《明報》每年都大賺錢噢？」

「不多，不多，一點點，一點點。」

倪匡舉着酒杯，乘勝追擊，直搗要害：「賺了那麼多，也該給我們加稿酬了吧。」

金庸一聽，才感覺中了圈套。倪匡卻繼續嗔怪道：「我們寫作也不容易，你給的稿費也太低了。」

金庸聽了一愣，滿臉的微笑全不見了，轉眼間，定了定神，

舉着酒杯，指着倪匡，微笑着説：「你過的日子，花天酒地，聲色犬馬，給你再多稿費，也全花在酒和女人身上了。」

倪匡説：「查生，你賺了這麼多錢，有福同享嘛。」

金庸笑着説：「好吧好吧，我加我加。」説完，兩人碰了酒杯。

不久，稿費真的加了百分之五，雖不多，卻聊勝於無。幾個月後，倪匡再致電向他爭取加稿費，金庸無可奈何地説：「好了好了，倪匡，不要吵啦。我給你寫信。」

倪匡從來未見過一個像金庸那麼喜歡寫信的人，什麼事都喜歡寫信。過了兩天，真收到金庸的信，信中附列十幾條條文，訴説報館開銷太大，香港經濟不景氣，唯有控制經營成本。吾兄要加稿費，勢必引起連鎖反應，報館難以招架，望吾兄理解弟的難處。倪匡讀信，讀得心酸搖頭，最後也不提加稿費的事了。

在香港文壇，倪匡的稿費高，人人皆知。是他寫得好，名氣

大？香港一些作家名氣也大，寫得也好，稿費卻不如倪匡高。倪匡好友沈西城曾說，是「倪匡臉皮厚，膽子大，斗膽同老闆鬥爭」，要求追加稿費。倪匡寫《女黑俠木蘭花》，由環球出版社出版，45000字的中篇小說，剛開始寫時，每千字10港元，一本書稿酬450港元，在當年，這稿酬算很高了。書出了一兩本，賣得不錯，可謂一紙風行，倪匡便要出版社老闆羅斌加稿酬，由每千字10港元，加至20港元，一本書900港元，他每月寫三、四本，月入二三千。《女黑俠木蘭花》共出版60本，只要好賣，倪匡對羅斌說：「老闆，加一點吧，加一點。」結果，稿酬加到每千字100港元，每寫一本45000港元，倪匡意猶不足，仍然要求加，羅斌吃不消了，用沈西城的話說，「羅斌捱不住，舉手投降，自此『木蘭花』就退隱不見天日了」。

倪匡給《成報》寫武俠小說連載。《成報》是香港目前歷史最悠久的中文報章。1939年由何文法等6人聯手創辦。上世紀八十年代，《成報》長期保持香港暢銷報紙第2位。倪匡寫作稿費是按「逐張紙」計算的，即一張一張紙算，不是按

147

字數算的。倪匡自己估計每月大約360港元，為《成報》寫了兩個月，總算等到發稿酬的日子，他就去報館會計部領稿酬。那位會計大叔，滿臉施捨者的神色，愛理不理，冷冷說：「你的稿費268塊半。」

倪匡一愣。一陣靜默。倪匡問：「為什麼是268塊半呢？」

會計大叔抬起臉，怪異地看着倪匡，說：「你有疑問？你可以去找老闆啦。」

當年倪匡，年少氣盛。他氣冲冲跑去老闆何文法辦公室，何文法打量着這個年輕人。倪匡瞪圓了眼睛，嚷嚷着問個究竟。

沒等倪匡說完，氣定神閒的何文法，緩緩地說：「我們廣東人辦的報紙就是這樣計算稿費的。」他意思很明白，不是以紙張數目計算稿酬，而是逐個逐個字計的。

倪匡聽了，氣鼓鼓地反問：「你是廣東人，為什麼要找上海佬寫稿呢？」

他倆不歡而散。

多年後，倪匡在一家上海理髮店理髮。那麼巧，竟然遇上何文法。倆人互相打了個招呼。當倪匡理完髮要付款時，理髮店店東說：「何老闆已經為你埋單結賬了。」倪匡一時有點感慨：這或許就是一種不打不相識吧。

新派武俠小說，用倪匡的一句話說，就是寫現代人物。他寫第一篇就用衛斯理當主角，沒有科幻成分。一次，倪匡對查良鏞說：「查生，與其寫新派，就來一點和舊的不同的東西。」查良鏞也沒多問：「沒有問題，儘管放手寫好了。」倪匡便開始用冬蟲夏草做題材，寫細菌侵犯人體的衛斯理的故事。沒想到讀者反響強烈，頗獲好評。

1963年開始嘗試寫科幻小說，用筆名「衛斯理」寫「衛斯理傳奇系列」。小說中主人公衛斯理，天文地理，無一不曉。倪匡寫得很隨意，連衛斯理這個名字也是隨意取的。一次，他坐巴士經過大坑道，看見有個衛斯理村，覺得這個譯名很「古怪」，以此寫科幻小說十分貼切，當時他都不知道衛斯

理還是個傳教士。3月11日，倪匡的第一篇以衛斯理為主角的科幻連載小說《鑽石花》，在《明報》副刊連載。自此，倪匡的衛斯理小說洋洋灑灑接續，多達156本。

倪匡與明報的合同上雖然寫明，出了書，不再給倪匡版稅。查良鏞倒很寬容，出書的版稅照給。倪匡意外收穫，自然是大樂。倪匡在《明報》寫武俠，名噪一時。

150

所有「衛斯理系列」小說都出過書。這要感謝香港文化圈中人溫乃堅。倪匡寫的作品實在太多太繁雜，自己都收不齊全。上世紀六十年代初，「衛斯理傳奇系列」小說，開始在《明報》連載，到籌劃出書時已相隔10年。倪匡身邊已沒有完整原稿，報館的存稿也不完整，一些早期篇章，如1963年發表的小說《鑽石花》、《老貓》等，都找不到了。幸好有讀者比作者更看重這些作品，他就是喜歡文學，也寫詩的溫乃堅。他從第一篇開始便將連載的小說，一幅一幅剪下黏貼，訂裝成冊，整整齊齊，一篇不漏地編製成八冊。倪匡很感激他，因此在初版的衛斯理小說中，便寫道：「如果太陽系中沒有溫乃堅，人間就沒有衛斯理了」。

報社競爭總是常態。其他報館老闆和編輯部都來搶稿了。羅斌的環球出版社是其一。上世紀六七十年代，出版家羅斌從上海移民香港，創辦環球出版社。地處上環新街的環球出版社，雖辦公室簡陋，最初出版兩本雜誌《藍皮書》和《西點》，發展到鼎盛時期，每月出版定期雜誌17本，單行本22本，論規模，在香港堪稱空前。其中有以翻譯外國香豔諧趣作品為主的《迷你》雜誌，以黃色情色作品為主的《黑白》雜誌和全本都是武俠小說的《武俠世界》。

羅斌約倪匡寫稿，倪匡先寫了「女黑俠木蘭花」系列，後來又在他出版的《迷你》色情雜誌上，寫《浪子高達》的豔情小說。倪匡寫豔情性愛，一出版就被政府機構逮着，要出版人和雜誌社罰款，每次罰六七千港元。對此，羅斌從不在乎，還要倪匡繼續寫。羅斌不在乎，倪匡就更不在乎，倪匡稿費才1000多港元，不用罰他的款，政府只追究出版人和雜誌社。

當年衛斯理小說在《明報》連載，《東方日報》又向他邀稿，指明要他塑造一個「像衛斯理又不是衛斯理」的人物，

於是，原振俠出現了。這一科幻巨著「原振俠系列」共32冊。倪匡在1991年把原振俠做了個了結，後來的故事都不是他寫的了。

1961年左右，心血來潮，在家裏用自拍機自拍。

在酒會上與鄭君略言談甚歡。（鄭君略身後為鄧偉雄）

此相片十分珍貴，攝於1983－1984年間，（左起）古龍、倪匡、孫淡寧（筆名農婦）、金庸及蔣偉國共聚於台灣石門水庫賓館。古龍早前遇襲受傷，聚會時，右手仍包紮着。

倪匡傳：哈哈哈哈

3

衛斯理小說中，南極出現白熊，明顯
的錯誤引發讀者批評，素來不理會讀者來
信的倪匡，照樣漠視投訴，他就是不認錯，
錯得任性，錯得可愛。倪匡與黃霑兄弟情誼，
有朋友說，他倆是「文曲星」下凡，一分為
二的結果。倪匡說，他一生中寫過最好的
文章，就是為古龍寫的300字訃告，
很多朋友看了，爭着要他為
他們寫訃告。

倪匡小說有四個特點：氣氛逼人、情節詭異、構思奇巧、描寫
瑰麗。他認為小說只分兩種，即好看的和不好看的。好看的小
說，一定要有引人入勝的情節和活生生的人物。小說寫得不好
看，即使裏面有再多的學問、道理或藝術價值都沒用。他寫作
喜歡玩花樣，變題材，最不喜歡自我重複。他認為一名作家的
責任，就是要寫出讓讀者廢寢忘餐、愛不釋手的作品。幾十年
來，他的書一直有人看，至今看他書的人已踏入第三代。

1988年初，香港中文大學舉辦史無前例的「國際武俠小說研討會」，將武俠小說置於學術殿堂，來自美國、法國和兩岸三地的名家與會。研討會上，演講，答問，討論，一切都按部就班，氣氛也相當嚴肅，畢竟是首次國際性武俠小說研討會。會議第二天上午，倪匡風風火火趕來會場，一坐下就大聲說：「我看了學者們的論文，也聽說了發言情況。你們太嚴肅了，太正經了。武俠小說是寫給讀者看着玩的，他們看了開心就好，哪有那麼多思想性、學術性？我也寫武俠小說，從來就沒有想到這些。」他出語驚人的妙論宏論，令四座愕然。

倪匡後來又以岳川、沙翁等筆名，為《明報》寫武俠小說和雜文。倪匡在上世紀六十年代末，武俠影片大行其道之際，轉而從事劇本創作。10多年間，所寫劇本多達400多部，拍成電影的也有300部。代表作有張徹導演的《獨臂刀》。倪匡自上世紀七十年代中期以後，又回到科幻小說的創作道路上。武俠小說後來沒落了，而且科幻比武俠更好寫，可以天馬行空、無拘無束地幻想。

一些作家對倪匡的小說不以為然，指責他的小說經常虎頭蛇尾，結不了局，有的對「科幻作家」這個名稱同樣不以為然。

倪匡從不介意。他既是辯解，又是自嘲：「有人說我的小說不是科幻，有的說是軟科幻。科學怎能幻想呢？2加2等於4，你總不能幻想成5。於是，有人又說是奇幻小說。我認為小說只分兩種：好看的與不好看的。但在香港這種地方，好看的小說似乎不是很多。我很少看其他科幻小說。它們太科學，就不好看了。科幻電影，我就看過，但美國的科幻電影是用龐大的特技拍小兒科題材，如果荷里活（好萊塢）特技拍金庸武俠小說就了不起了，可惜洋人總是看不懂武俠小說。」

倪匡的《地心洪爐》在《明報》連載。小說中，衛斯理從飛機上掉下南極，正是飢寒交迫，衛斯理見一頭白熊跑來，便把它殺了，剝皮取暖，吃肉充飢。有讀者讀到這裏，心中生疑，南極沒有白熊，白熊只在北極，於是投書報館：南極從來沒有白熊，只有企鵝。

素來不理會讀者來信的倪匡，照樣漠視投訴和批評。這位讀者也很較真，竟然每天給倪匡一封信，信愈寫愈長，娓娓道來，分析倪匡態度不嚴謹，誤導年輕人信以為真，對讀者不負責任，一個作家應該有的氣度……倪匡再不道歉而繼續寫，完全是厚顏無恥。

倪匡讀着來信，火冒三丈，翌日在專欄上回覆，原本二三百字的專欄篇幅，僅用兩句話，放大字體填滿專欄框框：某某先生，第一，南極沒有白熊；二，世上也沒有衛斯理。

那位讀者看了報紙，搖頭嘆息，回了最後一封信給倪匡，一張白紙上僅僅兩個字：無賴。

倪匡接到信，狂笑不已。

此時，金庸走過，也不知什麼事讓倪匡如此開心，聽倪匡身邊同事解釋後，金庸也笑了：「原來南極是有白熊的，現在沒有，是因為給衛斯理殺掉了。」

之後，台灣的遠景出版社要出版這部小説，出版社編輯要

倪匡改回北極，倪匡堅持不願改動。他說，我喜歡南極，南極比較神秘一點。出版社編輯說，台灣有識之士很多，有人來找你倪匡的錯就不好了。倪匡說，如果有人來找你們麻煩，你們就這樣回答他：衛斯理也不存在。

如此不認錯，錯得如此任性，也令人覺得可愛。這就是倪匡。

類似這樣的事，在倪匡小說中確實不少。香港理工大學校長潘宗光說，喜歡看倪匡的小說，當學生的時候還有味道，等到自己學了科學之後，才看得出毛病之多啊。倪匡說：「當然毛病多，不然我也變成科學家，哪還寫得出來？不如你寫一本《衛斯理小說不合科學之處》。」潘宗光笑着搖頭說，沒有一件事情講得通。倪匡聽了說，當然講不通，講得通就不叫小說了。

倪匡寫那麼多劇本，令人難以想像。他寫劇本，從來不會事先周詳謀劃，開篇、結局，細節、故事，衝突、對抗，什麼設計都沒有。他只跟導演喝一兩次茶，第三次都不肯喝。他與導演聊聊天，談談初步構思，回家就動筆了，聊天時幾個

關鍵詞、幾句重要提示，寫在小紙片上，有時紙片都忘帶，便寫在香煙外包裝紙背面的白紙上。劇組要倪匡講一個故事大綱，他說從來沒有大綱。他自稱不擅於講故事，唯有用文字表述。

倪匡寫小說，有武俠，有推理，有科幻，有奇幻，有奇情，有色情，僅僅小說就超過300部。除了寫電影劇本外，還寫散文、雜文、隨筆、政論，唯有歌詞、填詞、廣告詞沒寫過。他曾用「九缸居士」筆名寫養魚的雜文，在《明報》發表。其實借養魚為名，諷刺時弊為實。香港那些由250字到300字的專欄，是他首創的，他第一個寫這麼短的雜文。他這個人性急，喜歡長話短說。他說，硬要把文章拉長五六百字，沒意思，300字是廢話，200字才是正經話。

倪匡從來不填詞。黃霑與倪匡是兄弟情誼。黃霑，香港著名填詞人、廣告人、作家、傳媒創作人，創作流行曲2000首，有「香港鬼才」之稱，與倪匡同為「香港四大才子」封號之一，另兩人為金庸、蔡瀾。黃霑沒有接受過正統音樂訓練，卻無師自通，懂得彈琴、作曲、填詞，在倪匡眼中，黃霑

天生就是音樂天才。黃霑一出道，長他幾歲的倪匡便賞識有加。一次飯局上，倪匡與黃霑才初識，見過兩次面，他聽說黃霑月薪8000港元，倪匡大聲「啊」了一聲，「只有8000噢，我立即聘他，月薪1萬。」當時在香港，8000元月薪，已屬天文數字。同枱飯聚的朋友問倪匡：「你聘黃霑做什麼？」倪匡旋即說：「做什麼？做什麼都行，他什麼都懂嘛。」

一次，黃霑對倪匡扔下一句話：「先給你5000元。現金噢，放在這裏。你給我馬上填首詞。」說完，黃霑看也不看倪匡，離開了。

倪匡看看錢，5張1000元，金牛噢。從來不填詞的倪匡，終於心動了。花了3分鐘，艱難地填了首詞，他拿起桌上那5張金牛，揮了揮，紙幣喳喳響。倪匡笑了，把紙幣放進口袋。

不一會，黃霑回來了，拿起倪匡填詞的那張紙，稍稍掠了一眼，說：「唉。比薛蟠還不如。你還算是才子呢。」薛寶釵之兄薛蟠，完全不學無術，什麼也不懂。倪匡聽了，一

陣懊喪，無奈地從口袋拿出那5張金牛。他顯得有點內疚：
「好吧。我將錢還你。」

黃霑搖搖頭，旋即收回。

倪匡與黃霑兄弟情誼。有朋友說，他倆是「文曲星」下凡，
一分為二的結果。他倆首次見面是1972年，當時倪匡收集
貝殼，另外租了一層樓存放貝殼。他倆一見面就相談甚歡。倪
匡覺得，人的腦電波頻率如果合拍就可以談得投機，有很多人
半句話都不投機。倪匡說：「朋友相處，首要是投契。我覺得
人與人之間能不能做朋友，是一件非常玄妙的事，中國人所說
的緣份，我相信緣份是人與人的腦電波頻率合得來。」

黃霑這個人夠坦率，倪匡就是喜歡跟坦率的人交流，有話
直說。倪匡有時也會跟黃霑爭論些政治問題，如果黃霑看
倪匡不順眼，會當面罵倪匡，有什麼事情坦坦白白說清楚，
倪匡覺得是好事，唯有好友才會這樣。最怕那些背後放暗箭
的人，像毒蛇似的，躲在黑暗中，有機會就出來咬你一口。
這太可怖。

有一次，倪匡身上的錢花完了，就跟黃霑說：「黃霑，花圈200元一個，我死了，你至少送我大花圈，要400元吧，你就讓我預支吧。」黃霑聽了，二話沒說，立即遞給倪匡400元。過了幾天，黃霑鬼鬼地對倪匡說：「我一旦死了，你也要送我花圈的吧。」倪匡抬頭看着黃霑不懷好意的鬼臉，也二話不說，乖乖給了黃霑400元。

1993年秋，倪匡寫了一副對聯，書贈黃霑，自我感覺不錯，頗為得意，對聯曰：「兩日烹調有黃霑，一生煮字無白雪」。不過，黃霑讀了說，根據平仄，這兩句次序應該對調才對。倪匡聽了，一時語塞。倪匡與黃霑的友情，長存30年，倪匡移居美國三藩市後，黃霑去美國，常常專程去三藩市探望倪匡。黃霑病逝前三周，倪匡還與身在香港的黃霑通了一個多小時的電話，黃霑告訴倪匡，這次患病是不會康復了。

黃霑是填詞大家，倪匡卻從不填詞，因為他永遠分不清平聲、上聲、去聲、入聲四聲。廣東話九聲更是分辨不了。很多朋友用心教過他，但他還是分不清楚。倪匡不填詞，卻愛寫打油詩。73歲生日之際，他作了一首：「居然捱過七十

三，萬水千山睇到殘。日頭擁被傲宰予，晚間飲宴唔埋單。人生如夢總要醒，大智若愚彈當讚。有料不作虧心文，冇氣再唱莫等閒。」

有一段時期，香港寫武俠小說的作家寥寥無幾，台灣那邊確實人多勢眾。於是，羅斌從台灣搬來了救兵，臥龍生、諸葛青雲、東方玉、古龍、司馬翎、秦紅等，還有朱羽的民初打鬥故事也很吃香。後期倪匡也加入武俠小說作家行列，由於上海作家孫了紅年事已高而輟筆，羅斌請倪匡寫《女黑俠木蘭花》，作為《女飛俠黃鶯》的延續。倪匡每天寫作，最多的時候，每天12篇連載小說、5個專欄。

1967年，倪匡在台灣與古龍第一次見面。古龍出道時，受台灣作家排擠。倪匡卻特別喜歡他的小說。他代《武俠與歷史》雜誌約古龍寫稿，古龍寫了《絕代雙驕》。倪匡還不時向導演推薦，建議將古龍小說改編成電影，《流星蝴蝶劍》就是倪匡竭力促成的。古龍寫了一段日子斷了稿，倪匡幫他續寫了很多。倪匡覺得武俠小說發展到古龍的時候，最為變化多端，男人變女人，好人變壞人，死人變活人，可謂千變

萬化。很多名家小説倪匡都續寫過，金庸、古龍、臥龍生、諸葛青雲、司馬翎等他都幫忙續寫。這些名家的小説，倪匡天天追看，這些小説的精髓內涵，倪匡都瞭如指掌。

個性頑童般的倪匡，每次宴席很少安靜地坐下來，不是講笑，就是起身滿枱轉。他記憶力驚人，一開口就是詩和詞，背得滾瓜爛熟，隨時能以詩詞恰如其份地形容、比喻現場的人與事，剛剛還是《西廂記》裏的詩句頃刻而出，邊上人還未定過神來，又是一段金庸小説中的描述，説話之快，思維之疾，鮮有人能及，真不知他腦袋裏多了什麼功能。

一次，黃霑宴客，席開兩桌，中菜西食。那已是1983年的事了。蒞臨賓客，也唯有黃霑的面子，才能請到這批各路英雄，有金庸、張徹、林燕妮、張敏儀、俞琤、甄妮、倪匡、蔡瀾、劉兆銘、林佐瀚等，酒酣之際，各人自由舉杯攜筷過席，有如西式的雞尾酒會。

香港著名電視節目主持人林佐瀚，素來仰慕金庸，金庸的武俠小説，林佐瀚大都翻閱重讀至少10遍，於是他就緊貼金

庸而坐。金庸一向沉默寡言，言必有中，是南山樵子南希仁的性格。林佐瀚對金庸說，他是金庸的標準讀者迷，那時還不時興粉絲說。倪匡在邊上那席聽到林佐瀚這麼說，一時興起，拿着一瓶白蘭地，幾分醉意，過席直闖，衝着林佐瀚笑說：「你也懂得看金庸小說，待我來考你一考。」言有未盡，倪匡便一屁股一蹲，把坐在林佐瀚身邊的俞錚從座椅上直摜出去。俞錚原本好端端坐着，倪匡這份醉八仙屁股功力，非同小可。大倪匡一歲的林佐瀚，被倪匡一逼一考，醉意已嚇醒三分，眾目睽睽下，只好陪作苦笑。

倪匡笑說：「你看過金庸的《碧血劍》吧，書中女主角溫青青的五位爺爺叫什麼名字？」

溫氏五老，在書中只是過場人物。年近50歲的林佐瀚，搜索枯腸，聲高八度作答：「石樑五老，老大是使用雙戟的溫方達，老二是硃砂掌溫方義，老三是使用龍頭拐杖的溫方山，老四嘛，是⋯⋯是使用飛刀的溫方施，老五是⋯⋯是了，是擅舞皮鞭的溫方悟。」林佐瀚說着，斷斷續續，顯得吃力。金庸在邊上聽着，微笑不語，倪匡卻笑彎了腰。

林佐瀚還以為自己説的有錯，倪匡收起笑聲，説：「我教你一個容易記憶的方法。溫方達，溫方義，溫方山，溫方施，溫方悟，這排名達、義、山、施、悟，不就是諧音一、二、三、四、五嘛？」金庸與倪匡都是浙江寧波人，方言諧音極為貼切。林佐瀚聽了，恍然大悟：《碧血劍》中，還有一位被金蛇郎君殺了的溫氏兄弟溫方祿嗎，祿與六諧音。

可見，倪匡對金庸的武俠小説，熟悉得可謂滾瓜爛熟。倪匡喜歡續寫小説，他覺得有些情節鋪展不合常理，有些角色應該在這時殺掉，如果由他來寫，自己就可以作主了。他喜歡續寫人家的小説，覺得好玩。

1965年5月，金庸仍在《明報》上寫連載小説《天龍八部》，他要離開大約兩個月，去歐洲漫遊。這是金庸創辦《明報》以來，最長時間的一次外遊。當時《明報》的編務運作，幾經磨合走上軌道。他擔憂的是天天要連載的《天龍八部》。

這是金庸武俠小説中，人物最多而哲學內涵最深的一部，連載後讀者反響特別強烈。小説在報紙連載了，就不能斷稿，

當時的通訊條件，自己不可能在外續寫，事先也未來得及多寫些備存在那兒，只能找人代筆。金庸最珍愛這部小說，找誰替身？唯有倪匡。他倆常常一起品酒論文，深談甚歡。文壇朋友中，金庸最看好倪匡的才氣。早先，金庸寫完《倚天屠龍記》，新加坡一家報館請金庸續寫《倚天屠龍記》，當時金庸已經開始寫《天龍八部》，難以同時左右開弓，於是推薦倪匡寫續篇。倪匡卻拒絕了：「查生是『無出其右』的武俠小說大家，世界上沒有人可以續寫金庸的小說。」現在金庸要暫時斷寫《天龍八部》，倪匡願不願意代寫呢？金庸也沒把握，雖然代寫不是續寫。

「倪匡，我這趟外遊歐洲，時間較長，要一兩個月，你幫幫忙，代為寫下去吧。」

「承蒙您看得起我，代寫沒有問題。」

金庸聽了，一樂，呵呵呵，笑了。

「你要我怎樣寫接下去的情節呢？」

金庸收起笑聲：「我看，不必按照原來的情節，可以另外發展成一個短篇故事。」

倪匡是聰明人，一聽便明白，等他外遊回來，代寫的部分可以全部刪去，再從自己原先的稿子續下去，那代寫的幾萬字跟整本《天龍八部》完全沒有關係。這倒也合乎自己的想法。倪匡看着金庸，一副誠懇狀：「沒有問題，你放心吧，那就讓我自由發揮了。」

金庸似乎有點不放心：「你可不能把人弄死，書中每個人都有用的，一個人都不能死噢。」

金庸一走，倪匡開筆上陣，他這個人素來愛搞蛋。倪匡很討厭阿紫，他看金庸上午上了飛機，下午他就把阿紫的眼睛弄瞎了。

倪匡總共代寫了6萬多字。金庸歐遊回來後，一看倪匡的文字，很生氣，就罵倪匡，不是事先說好不能弄死其中任何一個人的嗎？

倪匡一副很無辜的表情：「你臨走時叫我不要弄死人，我是弄傷人而已，打打殺殺哪有不傷人的。」倪匡知道阿紫的角色很重要，但就是討厭她，故意把她眼睛弄瞎。金庸原本有通盤計劃，讓倪匡這麼一搗蛋，後來發展的那段故事變化了，平添一波三折。結果，從阿紫瞎眼發展到跟游坦之那段感情，是《天龍八部》中最令人感到悽惻的故事。如果阿紫不瞎眼，又怎跟游坦之談戀愛？

事後，倪匡實在佩服金庸：「大家就是大家，那段故事的發展寫得多好。」

老話說，器唯求新，人唯求舊。意思說，工具是新的強，朋友是老的好。多少年來，倪匡與金庸成了至交，古龍也是倪匡最好的朋友。好友相處，歲月帶不走，時空磨不斷。

有一次，倪匡去台北，沒有告訴古龍，怕打攪他。古龍也不知道從哪兒收到消息，他竟然在全台北的主要酒店找倪匡，還真被他找到了。他倆在一起很開心，吃喝玩樂。有時候，他倆在一起，好長一段時間不說話，默默的，靜靜的，不用

說話，偶爾相視，兩人哈哈大笑。邊上的人覺得很奇怪，這兩個人莫名其妙。倪匡和古龍卻覺得很爽。

可惜古龍48歲就去世了。1938年6月7日生於香港的台灣武俠小說家古龍，於1985年9月21日病逝。古龍病逝，倪匡三日說不出話。古龍創作初期的困境，是倪匡推着他走出的。倪匡嘆息道：「古龍發達，也因此害了他。他發達太早，飲酒實在太過分。」古龍名利雙收後，常常與倪匡一餐飯就喝掉5瓶XO，翌日倆人結伴去醫院吊鹽水。倪匡說：「古龍酒量好，但不懂分辨酒味，只要酒瓶外包裝好看，就說好酒。他注重飲酒氣氛。」

古龍最終因肝硬化早逝。

倪匡說，他一生中寫過最好的文章，就是古龍的訃告，只有300來字。很多朋友看了，爭着要他為他們寫訃告。

訃告全文——

我們的好朋友古龍，在今年九月廿一日傍晚，離開塵世，返回本來，在人間逗留了四十八年。

本名熊耀華的他，豪氣干雲，俠骨蓋世，才華驚天，浪漫過人。他熱愛朋友，酷嗜醇酒，迷戀美女，渴望快樂。三十年來，以他豐盛無比的創作力，寫出了超過一百部精彩絕倫、風行天下的作品。開創武俠小説的新路，是中國武俠小説的一代巨匠。他是他筆下所有多姿多采的英雄人物的綜合。

「人在江湖，身不由己」。如今擺脱了一切羈絆，自此人欠欠人，一了百了，再無拘束，自由翱翔於我們無法了解的另一空間。他的作品留在人世，讓世人知道曾有那麼出色的一個人，寫出那麼好看之極的小説。

不能免俗，為他的遺體，舉行一個他會喜歡的葬禮。時間：一九八五年十月八日下午一時，

地址：第一殯儀館景行廳。人間無古龍，心中有
古龍。請大家來參加。

古龍治喪委員會 謹啟

古龍去世，倪匡傷心欲絕。他想，兄弟好酒，陪葬不能沒有
酒啊。他與王羽等人商量好，買48瓶XO，放進古龍的棺材
裏，那棺材還特意選了特大型號。倪匡獨自掏錢買了酒。
倪匡買XO給古龍陪葬，當時一個共產黨酒鬼朋友羨慕極
了，悄悄對倪匡玩笑說：「匡叔，我們雖然還沒有什麼深度
交情，我死後請你也買50瓶XO，為我陪葬哦。」倪匡皺了
皺眉，問道：「好啊，不過，可不可以先經過我膀胱？」

治喪籌備的大多是古龍生前好友，用倪匡的話說，都是
「豬朋狗友」，第一次面對這樣的事，完全沒有經驗，不知
道該如何籌備，一些原本自告奮勇答應做這做那的朋友，到
時候連人都找不到了，治喪籌備一團糟。倪匡急得團團轉，
火冒三丈，他說：「我也上吊死了算了。」

此時，邵逸夫夫人方逸華給倪匡電話，方逸華現任邵氏兄弟（香港）有限公司副主席。

「古龍的喪禮怎麼樣了？」

「什麼怎麼樣，完全一鍋粥。」

「只要你們這幫兄弟不再亂來，我邵氏全部負責。」

「那就好了，你真是救命活菩薩了。」

「我再說啦，你們不許再亂來。」

「什麼是不亂來啊？」

「你們48支XO够了，不要再買480支了。」

「480支，棺材裏也放不下啊。」

倪匡太感激方逸華了，這輩子不會忘記這位恩人。她真派來兩個很能幹的人，什麼再複雜的事，都有條有理展開。

這時，忽然來了兩個刺青壯漢，大聲嚷嚷：「誰負責的，

這個葬禮？」

正在忙碌籌備的邵氏那兩個人，見狀也一時手足無措，不知會發生什麼事。倪匡在裏屋，邵氏那兩個人，趕緊把倪匡拉出外屋見壯漢。

一個壯漢問：「你是什麼人！」

倪匡説：「我是倪匡，古龍的朋友。」

174

另一壯漢説：「哦，知道你，倪老叔（音）。」説的是台灣國語，「倪老師」。

倪匡説：「你老叔有什麼事情？」

壯漢説：「這個，你看看。」

倪匡接過一大疊欠賬單，都是古龍的。古龍簽字，倪匡一眼就認識。倪匡心裏粗粗一算，總數加起來將近100萬台幣。

倪匡：「你們哪裏的？」

壯漢說：「我們北投的，北投酒家的。」

倪匡說：「哦，北投酒家的。哎呀，人死了一了百了啦，這個不算啦。」

那壯漢說：「倪老叔，我們很敬佩你，你這個話有道理，一了百了。我們酒錢、菜錢全都不要了，但是女孩子拋個身子出來做，你欠她們錢，不應該哦。」

倪匡在情場歡場進進出出，覺得這話有道理，欠女孩子的錢不應該：「哦，要付要付，她們的錢要付，你到賬房去拿。」

一算，大約30多萬。給了錢，拿了轉身走。剛要離去，壯漢丟下一句：「倪老叔，你要找人打架的時候打電話給我。」

倪匡心裏一樂：真是有義氣，於是說：「你們把錢拿回去，可一定要給那些女孩子才好。」

壯漢說：「我們什麼都幹，就是不欺負女孩子。」真有點黑道場上味道。

兩個壯漢離去了，在場的幾個朋友鬆了口氣，有朋友問：「他們叫你倪匡『老叔』？」倪匡笑答：「其實是『倪老師』，國語念不準，像『很好吃』就說『很好出』的嘛。」

那天弔祭時，眾人淚灑靈堂。倪匡哭得傷心，女作家三毛在旁摟着他，安慰他，邊上站着台灣文化人高信疆。蓋棺前，古龍這幫朋友中，不知是誰提議，不如當着古龍的面，把酒喝掉，古龍才會高興。這一提議，眾人連連叫好。

176

於是，大家打開酒蓋，猛喝，每瓶酒都喝了一半，就醉了。眾人還請古龍喝，結果往他嘴裏倒酒，古龍的嘴似乎還真的微微張開一下，酒汩汩往嘴裏流，突然紅彤彤的鮮血，從嘴裏噴湧而出，在邊上的倪匡和三毛、高信疆，都一陣驚嚇。

倪匡、古龍和三毛，多年來稔熟得像兄弟姐妹。有一夜，在台北古龍家中。一干人等聚飲談筆，三毛倚在酒吧櫃前，背對眾人打着電話。酒吧櫃上有一列射燈，她穿露背裝，燈光射映下，藕臂如雪，香肩美背，纖瘦清麗，線條柔美，成為眾人視線焦點。倪匡與古龍忍不住，相約：一邊一個，去咬

一口。他倆剛想胡作非為，三毛轉過身，嗔道：「好啊，你們兩個，只能有一個咬我！」倪匡與古龍當即狂笑，作「剪刀石頭布」手勢，一個説：「贏的咬。」一個説：「輸的咬。」三人笑稱一團，而後有了「生死之約」。

三人都對死亡存有不可解之謎，卻又都認為人死後必有靈魂，只是人、魂之間，無法突破障礙溝通，要突破這種障礙，人所能盡力的少，魂所能盡力的多，所以約定，三人之中，誰先離世，其魂須盡一切努力，與人接觸溝通，以解幽冥之謎。三人約定之後，每遇共聚，都相互提醒，別忘了這「生死之約」。如今古龍去世了，倪匡與三毛一再念念有詞：要記得這生死之約噢。

陪葬的只是48隻空酒瓶。事後，有人説是因為朋友們把古龍的酒喝光了，才氣得他吐血不止。令人不解的是，古龍都死了兩個多月了，始終冷藏在殯儀館裏，怎麼可能那血還是鮮紅的呢？殯儀館的人員也嚇懵了。

當時喝酒醉醺醺的倪匡嚷嚷：「原來你這傢伙沒有死，你是

177

裝死嚇我們的吧？」倪匡趨前要搖晃古龍的遺體，要把他
搖醒。倪匡身後，有人揣住他，不讓他往前挪。酒醉中的
倪匡痛罵醫生，説醫生有個鬼用啊，稍微有點病，這麼好的
一個人就沒有了，這些醫生是幹什麼的。倪匡拿衛生紙為
古龍擦臉，從嘴到鼻、眼、頸脖，全是血漬。一大盒紙巾全
都染紅了。人們趕快蓋上棺。他們都瞪着倪匡。他們怕屍體
變殭屍，香港人迷信這個。古龍之死，真有些近乎靈幻的
故事。

倪匡撿了一堆染血的紙巾，帶回香港，放進一只精緻的盒子
裏。他夫人知道後，大罵倪匡，旋即扔掉。幾年後，古龍兒
子來香港找倪匡，要拿染血的那些紙巾，去驗DNA。倪匡説
早就沒有了。古龍後代幾個兄弟爭遺產，要驗DNA。倪匡對
古龍兒子説：「你是古龍兒子，我絕對可以證明。不過那個
東西已經沒有了，被我老婆扔掉了。女人家害怕嘛。」

古龍，倪匡最好的朋友突然走了，他寫了一對傳統輓聯：

近五十年人間率性縱情快意江湖不枉此生

將三百本小說千變萬化載籍浩瀚當傳千秋

古龍死後，七七四十九天，按世俗相傳，是魂歸之日。倪匡和三毛都沒忘記那「生死之約」，他倆相約在三毛家小樓，點燃香燭，等候古龍魂兮歸來，結果，令他倆失望。5年多後，1991年1月4日，三毛謝世。這樣，魂方面的力量增強了，倪匡想應該有希望獲悉來自古龍和三毛的確切信息了。孰料，日復一日，夜復一夜，依然信息杳然，連夢中都未曾出現，別說是確切而真實的溝通交流了。

倪匡說：「看來要等到三人再次齊聚，才能有解答了。然而到那時即使有了答案，又如何讓世人得知？念及此，不由悲從中來。」

當下，古龍的作品在中國大陸依然走紅。《古龍全集》出版了，倪匡掛名「名譽主編」。倪匡說：「古龍小說適合現在

年輕人看，金庸小說現在年輕人已經看不懂了，看得很累，這真是悲哀。金庸、古龍的創作路子不同，兩個人的作品，我都喜歡。遺憾的是，古龍去世太早。」

倪匡對人的往生，很少有悲痛的時候，他母親逝世時，他還在靈堂內笑着喝紅酒，他說，即使他太太或兒女去世，也絕對不會難過。人一定要死，25歲死與85歲死，其實區別不大，60年的差別對宇宙而言不過是一刹那。他始終覺得因為親人離世而傷心是件莫名其妙的事。

180

倪匡不怕死，卻最怕病，如果生重病，他一定不會採取太多醫療手段，一死百了也是不錯的選擇。一次，他去醫院探望一位罹患癌症的朋友，以前那朋友體重160磅，病倒後不到100磅，他看着遭痛苦折磨的朋友說：「我叫醫生幫你打一針，徹底解決了，好嗎？」那朋友的老婆和家人把他趕出病房，拿着椅子想揍他。沒過一個月，那朋友最終還是死了。說到死亡，倪匡說：「人生最理想的結局就是夜晚睡到早上不醒。」

倪匡希望在自己的墓碑上刻上四個字：一個好人。

他自撰的墓誌銘：「多想我生前好處，少説我死後壞話」。

1967年，與倪太初到台灣，也與古龍初次見面，
還特意到影樓拍下這照片。

4

上世紀八十年代末，倪匡的作品在
內地多次鬧出風波。北京當局一度將他
定位「反共作家」，對內地出版的折騰，倪匡
態度：置之不理，鞭長莫及。2004年初，倪匡
宣布這輩子「寫作配額用完」，從此封筆，
結束47年的寫作生涯。2007年，「配額
用完」竟由老友蔡瀾「解封」，倪匡跌進
蔡瀾預先設下的陷阱，卻樂了
香港讀者。

倪匡對死亡一向看得很淡泊。

一次，朋友鄒文懷夫婦請倪匡夫婦吃飯，席間說起人都
老了，鄒文懷生於1927年，倪匡生於1935年，蔡瀾生於1941
年，大家都說老了老了。倪太說：「有得老，總比沒得老
好。」眾人聽聞，紛紛點頭贊同。倪匡說，他寫過一篇自殺
遺書。眾人問他，想怎麼自殺？倪匡說：「我調查過，自殺
方法，最好是喝醉酒，再開煤氣。後來發現這方法不通。」

倪匡這個人口無遮攔，眾人也順着他意：「怎麼不通？」倪匡懶洋洋說：「喝醉了，動也不動了，誰去開煤氣？」

倪匡交友甚廣，不過，他生活中有條準則，看得順眼的多來往，看不順眼的，不管如何大富大貴，就當作不存在。因此，他也很少遇到被朋友出賣的經歷。他從來不借錢給別人，好友需幫忙，他只會送人錢。他送過很多錢給朋友，卻從來不借錢給朋友。別人說有困難，他說：「可以，我給你，不用還。千萬不要說還字，完全不要放在心上。」他認為，只要談錢，這個朋友便會失去了。

倪匡從來就不喜歡那些裝模作樣的人。他心直嘴快，常常會得罪人。有個女作家對倪匡說：「你那些小說只會流行一陣子就沒有了，我的小說是傳世的。」

倪匡聽了，也沒什麼不高興，笑着說：「是啊，你傳給你兒子，你兒子傳給他兒子，只在你家裏傳下去。」

那女作家聽了，氣在心裏。後來她嫁給一個外國人，彷彿不可一世，傲慢地在數十人面前介紹：「他是我先生，

比利時人。」

眾人都不作聲，倪匡又忍不住說：「比利時這個國家，你們不要小看它，八國聯軍時它也參與的。」那個比利時男人似乎能聽懂國語，臉色一變，不敢言語，那女作家也面目無光。

事後，倪匡發現冤枉了那位比利時人，八國聯軍時，比利時根本就沒有參與。倪匡說，那個比利時男人，自己也不了解那段歷史，是他心虛而已，這才令他無言以對。

1987年，倪匡與梁小中（石人）、哈公、黃維樑、胡菊人、張文達等發起成立香港作家協會，倪匡出任會長，朱蓮芬出任副會長，陳玉書任名譽會長。翌年在銅鑼灣覓得新會址。1990年11月，香港作家協會第二屆理事會就職，倪匡連任會長，副會長朱蓮芬，永遠名譽會長陳玉書，主席王世瑜。

有一次，香港作家協會開了個小說訓練班，要倪匡擔當講師。台下近百名聽眾。倪匡說：「每個人都想知道小說

應該怎樣寫，其實寫小說很容易，只要有大量沒意思的話……」他的話還沒講完，台下一陣騷動。倪匡一愣，看了看台下，繼續說，不就是這樣嗎？金庸小說裏也有很多沒意思的話。沒意思的話怎樣寫才令人看得津津有味，你去看看高陽《胡雪巖》，寫他娶個小老婆就用了20萬字。

倪匡說：「我只有初中程度的學歷……」讀者聽眾席上一陣騷動。他們似乎不相信倪匡中學還沒畢業。別說讀者存疑，文人圈裏不少作家也不相信。一次在台北的文學座談會上，他與女作家好友三毛相鄰而坐。與會者自我介紹，個個自報學歷，人人都顯得輝煌，不是博士，就是碩士。輪到倪匡，他說自己是初中程度。場面一度尷尬。在他自我介紹之後，輪到三毛，她大聲而振振有詞：「我小學畢業。」說完，她與倪匡相視莞爾。會後，她對倪匡說，自己真的是小學畢業。這說明，三毛天生是寫作奇才。

倪匡繼續說：「寫作不靠後天的努力，我相信寫作才能是與生俱來的，有文學天賦的人大多嗜酒，例如古有李白，今有古龍和我。我真的天生懂得寫文章，中學國文老師就很

鼓勵我向這方面發展。寫作是一種藝術行為，凡是藝術行為都是依靠天分的。靠訓練的話，可以訓練出一個數學家，但訓練不出小說家。對我而言，香港這個自由的社會，提供了想寫什麼都可以的條件。如果你們問我寫作技巧，這些問題不要問我，只要開始寫，就會愈寫愈好。你們這樣問，就代表你寫不出什麼好小說。」

結果倪匡在一片喝倒采聲中退場了。讀者聽眾紛紛起哄，這算什麼講座，要求退錢。倪匡事後說：「我沒領薪金，又不知道他們來聽講座要繳費，我只是把自己知道的事實，很坦誠地如實告訴他們，他們又不相信。」

好在倪匡從沒教過書。他也承認，他會教壞學生的。早先，有所大學請他參加一個座談會，之後，校長警告學生會從此不要請倪匡上台講話。倪匡對學生說，有四個字，叫「陽奉陰違」。孩子在前面聽你的話，在背後做什麼你知不知道？倪匡舉了個例子。那時一個朋友的女兒認識了一個澳洲男孩，愛的死去活來，朋友要把她的身分證扣起來，不准他們來往。倪匡對那朋友說，應該把身分證交出來，

朋友氣極。後來他們結了婚，在澳洲攻讀法律。

倪匡的作品在香港暢銷，上世紀八十年代初，香港與內地交往熱潮湧動，倪匡的作品也在內地熱傳，書店沒有銷售，讀者便自行複印，互相交換閱讀。八十年代的內地，翻版（盜版）盛行，倪匡武俠小說、科幻小說的盜版書，少說也有上千萬冊。

1987年8月24日，倪匡與中國文聯出版公司簽約，授權出版60多本「衛斯理傳奇系列」和60本「女黑俠木蘭花系列」，1988年5月3日又授權中國作家協會廣東分會書籍報刊中心出版「原振俠系列」作品。8月16日，國家新聞出版總署發出《關於倪匡作品目前不宜出版的通知》，中國文聯出版公司已經印妥10種「衛斯理傳奇系列」，每種15萬至20萬冊，當局這一通知，令近二百萬冊書不能發行而存儲倉庫。

1988年11月，國家新聞出版總署一位官員透露說，內地出版港台圖書相當混亂，對內地出版市場帶來衝擊，按規定，出版社每年年初要將全年出版選題呈報主管部門，特別是

港台作家撰寫的書，但有些出版社違規，並未事先在計劃中上報，由中間人與港台作者簽約，便大批量印行，文聯出版社出版倪匡的書，就是如此，這是嚴重違規的舉動。

這位官員還透露了第二個原因，即倪匡對中共由熱望到絕望，叛逃出境，倪匡雖沒有被扣上反共作家帽子，但他一些作品的字裏行間，滲透着反共思想，例如，《追龍》裏描述數千年前多名老者預言九七年，東方一個城市會滅亡；《女黑俠木蘭花》中講述炸毀亞洲核基地；《天外金球》則鼓吹西藏獨立。

當時，兩地文壇傳出消息，倪匡曾與廣東作家協會一名作家有過節，鬧衝突，那名作家於1988年6月投書北京有關部門，指倪匡反共，內地不應該出版他的書。那位國家新聞出版總署的官員承認，總署曾向新華社香港分社徵求意見，對倪匡的政治背景和在香港言論作了解，反饋的意見是，倪匡過去和現在始終堅持反共立場。由此，出版總署下發通知，明確倪匡作品「目前不宜」在內地出版。

188

對內地出版的折騰，倪匡的態度是：置之不理，鞭長莫及。

中國文聯出版公司畢竟耗巨資印刷了那麼一大批倪匡的書，科幻小說本身也沒有太大政治含義，經再三斡旋，1988年12月8日，國家新聞出版總署終於同意，已印妥的衛斯理小說「內部發行」。上世紀八十年代，內地出版領域，不少來自境外版權的翻譯書、「問題」中文書，都以這種方式出版，說是「內部發行」，實際上不少大城市的新華書店都有銷售，那時只有個體戶書商的書攤，尚沒有成規模的民間書店。

1988年11月，倪匡的作品在內地又鬧出一場風波。國家新聞出版總署審查一部《美女金球》的長篇小說，由河北出版社投資的這部科幻小說，據稱是倪匡創作的，作品中顯然流露對中國的西藏政策不滿。倪匡對此作出否認，他的作品中有一部《天外金球》科幻小說，他猜測新聞出版總署指的《美女金球》，可能是他的《天外金球》在內地遭人翻版的書名，他從來沒有與河北出版社有任何交往。

1989年3月22日，香港繁榮出版社召開記者會。成立才半年的這家出版社，於3月初與倪匡簽訂內地發行其作品的合約。繁榮出版社董事長陳玉書，被譽為世界「景泰藍大王」，當時，他是北京市政協委員，他的自傳《商旅生涯不是夢》，當年一度在香港和內地有影響。

在記者會上，陳玉書說，據他的接觸了解，國家領導人都很開放，他要為倪匡爭取在內地出版作品的權益，他希望儘速解除禁令。倪匡的小說不准在內地出版，是很不合理的事，小說內容根本就不涉及內地政治。他說，如有必要，會發起簽名運動，向北京遞交簽名冊。

北京當局一度將倪匡定位「反共作家」，倪匡確實在多種公開場合，笑着說對中共很刺耳的話。但他也有過頗為理性的講話：「大陸改革開放，現在的共產黨是有史以來最好的共產黨。台灣政治民主化，國民黨也是有史以來最好的國民黨。海峽兩岸都有很多新變化，讓人目不暇接。」

倪匡常去台灣，在台灣有廣泛的人脈。1989年8月8日，

倪匡以香港作家協會會長名義，致函台灣行政院新聞局。

倪匡在信函中說：「本會名譽會長陳玉書先生，擬申請入台考察，並欲知台灣投資經營文化新聞及貿易等業務，而本會之政治立場，毋庸解釋，貴局當瞭如指掌。據悉，陳氏曾申請入台，未獲批准，至為遺憾。敬希貴局知會內政部警署出入境管理局，陳述陳玉書之立場，准予入台。例如，最近本會出版之《作家的吶喊》一書，乃由陳氏屬下繁榮出版社印行，內有80餘位作家撰稿，矛頭均直指共產黨六四事件之殘暴及違反民主自由精神，可見，批准陳氏入境，實有利於團結港澳知名人士擁台之策略，同時也符合華僑一貫之政策。」

那年頭，陳玉書台灣之行沒有成功。倪匡任會長的作家協會主編的《作家的吶喊》一書，卻引起北京關注。此際，「六四事件」開槍鎮壓的硝煙未散。當局對倪匡作品的禁令依舊持續，直到10年後，禁令不了了之，倪匡的作品在內地悄悄推出，不過，內地版的版權的混亂，連倪匡至今都不清不楚，他還是那八個字：置之不理，鞭長莫及。他說：

「大陸盜版問題，我看的很開，因為是共產黨，擺明要共你的產。行不改名，坐不改姓，說到明是共產。」

多少年來，倪匡一周寫七天，每天寫一、兩萬字，始終靈感不斷，題材不盡。突然一天，什麼都寫不出了。那是2004年初，彷彿是宗教感召，他的創作靈感一下子消失。他寫到一半的小說，竟然寫不下去，字字艱難，句句困頓，幾經努力，坐等靈感，好不容易最後完稿。四五十年的寫作生涯，從沒遭遇如此磨難。他乾脆把書名改為《只限老友》，免得他人看了這樣的小說罵娘。他聲明說，不認識衛斯理的讀者，看不懂這個故事，不必浪費時間，不是老友不要看，因為一定會罵的，老友會在故事中略有所得，老友一場就湊合看算了，反正是自己最後一本書了。

當年，原振俠移民別的星球，為一個系列作結。如今，衛斯理去向不明，這個系列也告結束。2005年底《只限老友》在台灣出版，倪匡稱「封筆之作」，書未上市，已成網上話題。這是「衛斯理傳奇系列」的第143本，描述天嘉土王患癌症，急於要衛斯理尋找常與陰間聯繫的齊白，借走其

魂靈，以便施行更換身體的手術，最後，提出「消滅大量人口以拯救地球」的溫寶裕，邀衛斯理等人一起隱遁，離開地球。

倪匡寫了幾十年稿子，做夢也常常夢到一疊疊的稿紙。當年《明報》將一綑一綑空白格子的稿紙，送到倪匡家裏。倪匡把它們堆在牆旮旯邊，從地板到天花板那麼高。兒子倪震去外國讀了兩三年書，回來時牆旮旯那些稿紙幾乎用完了。倪震對父親說：「那麼多疊稿紙，也只能換到我一張畢業證書。」倪匡聽了兒子這句話，一臉無奈。

那是2004年初，倪匡宣布這輩子「寫作配額用完了」，從此封筆，結束47年的寫作生涯。雖然無奈，卻也自樂。清朝劉獻廷《廣陽雜記》有言：「隨寓而安，斯真隱矣」。倪匡沒想過「自救」。那天，凡事隨遇而安的他，想起老友黃霑的歌《隨遇而安》——

> 人外有人山外有山
> 不怕拚命怕平凡
> 有得有失有欠有還

老天不許人太貪

挺起胸膛咬緊牙關

生死容易低頭難

就算當不成英雄

也要是一條好漢

萬般恩恩怨怨都看淡

不夠瀟灑就不夠勇敢

苦來我吞酒來碗乾

仰天一笑淚光寒

滾滾啊紅塵翻呀翻兩翻

天南地北隨遇而安

但求情深緣也深

天涯知心長相伴……

倪匡多次抱怨黃霑走得太早，黃霑去世後三天，倪匡呆坐在
那裏，兩三天沒有吃東西。黃霑於2004年11月24日病故，
才63歲。倪匡說：「他真是不爭氣，這麼早就去了。不過，
人長命短命都沒有關係，早死晚死也沒什麼大不了的，最要

緊的是在世時過的開開心心，隨遇而安。」

寫作配額用完，隨遇而安吧。倪匡說，寫作上的配額用完就如陽痿，愈着急，愈不行，心理因素使然。還是隨遇而安為上策。在朋友圈聊天，倪匡自認不舉，不必吃偉哥，夫人在旁冷冷一句：「吃來自慰嗎？」他聽了先是一愣，繼之回過神來，想想也是，也就不管「配額」還有沒有能挖掘的了。

直至2007年，「配額用完」竟由老友「解封」。那時，他從移居的美國再回香港定居，約稿紛至沓來，他一一拒絕，說「寫作配額早已用完」。一次，老友蔡瀾說自己太忙，想停幾天專欄，於是請倪匡代筆幾天。倪匡卻又一口答應。原以為只是替老友填寫幾天而已，孰料跌進蔡瀾預先設下的陷阱，蔡瀾早與報館商定欄目名「倪租界」，這一「租界」卻愈來愈大，樂了香港讀者。

有「衛斯理專家」之稱的葉李華教授，到倪匡在美國的家探望。倪匡説，當時葉李華在美國攻讀博士，也是葉李華教他用電腦寫稿的。

2007年，博益出版社推出復刻版《呼倫池的微波》復刻版，在香港書展舉行簽名會，有資深讀者帶着舊版書而來，來個新舊對照。

1967年，倪太在台灣蘭花培養基地攝，人比花嬌。

第三章

1

倪匡很少寫愛情小說，他說他對愛情沒有什麼愛得死去活來的折騰人的經歷。倪匡說：50年前他未婚同居，相識40天就同居，同居4個月便閃婚，算是時髦的了。倪匡說：要活得逍遙自在，有兩種人的話不可以聽，一醫生，二是太太。他自認女人最吸引他的，「當然是性那方面」，他自稱「對愛情很專一，思想、靈魂專一，只是身體不專一而已」。

愛情是小說創作永恆的題材，但倪匡寫小說，很少寫愛情題材。他說：「我對愛情沒有什麼愛得死去活來的折騰人的經歷。我談戀愛40天，兩人就同居了，同居4個月便『閃婚』了，還有什麼可以寫呢？現在的年輕人時尚試婚、閃婚，流行男女未婚先同居，過一過兩人生活，試一試互相是否適合，似乎試婚相當時髦，閃婚也時髦吧，閃電式愛情速配。我在50年前沒結婚就同居，相識40天就同居，同居

4個月便閃婚了，算是大膽了吧。我的愛情觀很簡單，大家情投意合就是了，不太離奇。至少不像科幻，可以從火星跑到水星去。」

倪匡很佩服妹妹亦舒，一次他對她說：「你寫愛情小說，來來去去不是一個男人一個女人，兩個男人一個女人，三個男人兩個女人，已經到極限了，大不了就是兩個男人，在這麼狹窄的範圍內，你怎麼能寫出數百本變化多端的書出來呢？我真的很佩服！」

2013年7月18日，香港書展期間，來自中國內地10名記者見倪匡，有位記者問，你老究竟生於哪一年，結婚是哪一年？網上有不同版本。

倪匡生於1935年，1959年結婚。那天，內地記者問今年貴庚？他笑嘻嘻回應說：「如果現在走，就是78啦。」

他夫人李果珍。倪匡弟弟倪亦平，弟媳李果珠。李果珍、李果珠是姐妹倆。兩姐妹嫁了兩兄弟。兩家人親上加親。倪匡叫夫人，在別人面前直呼其名，但在私底下，便親密地

稱她為「妹妹豬」。

1957年，倪匡偷渡到了香港，仍抓緊自我增值，他明白，在這種社會，文化水準不高難有出息。他白天在地盤做散工，晚上就到聯合書院去念夜校。他讀新聞系。當時，李果珍修英文，有一堂課是在同一個教室。

入秋，天氣很冷。在教室裏。一陣冷風吹來，坐在前面的李果珍回頭一看，後面的門開着。坐在後邊的倪匡，抬頭看了看李果珍。這是她第一次實實在在走進他眼眸。她穿着一套粉紅色連衣裙，很薄很明快的那種。她回首的那一瞬間，眼神舒爽迷人，嘴角醉人笑容，倪匡突地有一種憐香惜玉的衝動。他趕緊跳了起來，一個箭步衝上去，把門關上。李果珍向倪匡微微一笑，那麼靈秀，那麼清麗，像極了那本書中插畫的安琪兒。

世間的女孩千姿百態各有其秀，或聰明或美麗或淳樸或善良。倪匡就這樣莫名其妙地喜歡上這個她了。那以後，他特別喜歡上這堂能見到她與她同教室的課，他特別喜歡看到

她在夜校走廊子然走過的身影，他特別喜歡找出無窮無盡的理由跟她說話。那時候，世界的狹小，無從讓倪匡知道女人的美麗是無窮盡的，他視她是世界上最美麗的女人，以至於若干年後，人們把張曼玉、林青霞看成女人美麗的化身時，倪匡腦子裏，仍然拂不去李果珍對他心靈的佔據。

這是他的初戀，心裏深深容下了她，他就決定要娶這個女人了。

人生中，初戀的感覺真的是一生中最美妙的，初戀時的倪匡，也確實是個淳樸的男孩。七年之癢過後的倪匡，確是另一個男人了。在初戀季節，他倆都為對方的一顰一笑或擔憂或興奮，為彼此的一個眼神或陶醉或感傷或神情恍惚。那愛情是至真的，卻又是至純的，最熱烈的表示也就是彼此拉一拉手。

一次，他倆都在等巴士。巴士沒來，他就乘機搭訕，說，別坐車了，步行吧。他和她從堅道走下山坡到大路去，邊走邊談。

李果珍看了一眼倪匡，笑着問：「我總是懷疑，你是不是就

是那個人？」她讀他在報紙上寫的文章，她懷疑那個作者不是他。

倪匡也笑了，說：「哈哈，我本來就是那個人嘛。你不信，你看明天報紙上發表的內容，我現在告訴妳，是不是一回事。」

他倆聊個沒完沒了。她也感覺到，她與他之間正維繫着一種掙脫不掉的情愫。這種感情是慢慢推卻了浪漫遐想而平樸真實起來。這也是李果珍的初戀。最讓女人動心的是愛情，最讓女人揪心的也是愛情，最讓女人放不下的還是愛情。李果珍始終幻想她和他之間可好上千年萬年，前面不會有離合聚散的風雨。這場戀愛僅僅談了40天，倆人便同居了，同居了4個月，便結婚了。

那年，他24歲，她21歲。

幾十年後，有一次在朋友圈，朋友說起他倆這樁婚事，問是誰追的誰，李果珍說，當年學校有個教授聽說她嫁給倪匡，便說是「明珠暗投」。明亮的珍珠，暗裏投在路上，使人看

了都很驚奇。比喻説有才能的人得不到重視，好東西落入不識貨人的手裏。

倪匡在邊上聽了，賴皮笑説：「沒有罵我是一支鮮花插在牛糞上，已算是客氣的了。」

李果珍白了他一眼，沒有好氣：「我是一失足成千古恨啊。亦舒也一直問我，什麼人不找，為啥要找到這個麻甩佬？」

鬧哄哄聲浪中，朋友問倪匡：「你有沒有像寫劇本一樣，男主角向女主角説『我愛你，請你嫁給我吧！』？」

「這種事在現實生活中怎麼做得出來？」倪匡邊説邊看了倪太一眼，忽然變了腔調，眉飛色舞：「我是老老實實地跪了下來，奉上戒指，而後説：『我愛你，請你嫁給我吧！』。」説完，倪匡扮了個怪相，顯得無奈。

「你們相信？鬼才相信他這種話！」倪太佯裝生氣，看得出卻甜在心裏。

1959年5月20日，與倪太登記結婚後合照。

1961年，倪匡在大丸買的「五十蚊兩件」情侶裝！倪匡說毛衣其實是粉紅色，當年他倆真的曾穿這情侶裝上街，十分新潮！

1959年，買了自拍機，捉着倪太在家中自拍，倪太身穿睡衣，有點羞澀。

倪匡在朋友起哄聲中嚷嚷:「別說了,妹妹豬。」倪匡抱着倪太又親又吻。朋友們見狀,笑聲喊聲,聲浪掀天。

倪匡見夫人臨時走開了,又一臉正色道:「世界上有兩種人的話不可以聽,一是醫生的,一是太太的。要活得逍遙自在,那兩種人的話就不能聽;要活得健康安樂,那兩種人的話都要聽。不聽醫生,得不到健康;不聽老婆,絕對得不到安樂。」

朋友問:「你怎樣詮釋戀愛?」

倪匡說:「男女之間之所以會互相吸引,完全是一種性的荷爾蒙在發生作用。男女在自然進化的發展中,就是為了繁殖下一代。看男女如何浪漫、纏綿,都只是為了達到性交的目的。」

朋友問:「你認為女人最吸引你的地方是什麼?」

倪匡說:「當然是性那方面啦。哈哈哈哈……」

朋友問:「你認同男女之間有友情存在嗎?」

倪匡説：「男女之間的友情，都不存在的，終極關係一定是性。」

朋友問：「你最欣賞哪一型女性？」

倪匡説：「柔順聽話的，當然外在美也很重要。《鹿鼎記》中的雙兒，是我心目中完美妻子的典型。女人分為四種：聰明的、愚笨的、好的、壞的，這四種元素相交互換。最好當然是聰明的好女人，愚笨的好女人排行第二，聰明的壞女人排行第三，最壞就是愚笨的壞女人。一個女人如果聰明，就懂得怎樣才能把男人哄得歡歡喜喜，或者哄得其他女人也都歡歡喜喜。聰明的女人有很多，但聰明的女人大多是很壞的啊。有些女人一方面想騙人，一方面又容易受騙，這種又壞又愚笨的女人總不會有好下場。不過，有時男人就是喜歡壞女人。」

朋友問：「都説你對愛情不太專一，你承認嗎？」

倪匡説：「我對愛情很專一，思想、靈魂都非常專一，只是身體不專一而已。」

朋友問：「你喜歡金庸的《鹿鼎記》，是因為韋小寶有很多
老婆，如果可以讓您娶多個老婆，您會娶多少個？」

倪匡說：「老婆一個便足夠了，我人生最大的收穫就是討了
個好老婆。不過，老婆是可怕的動物，還娶這麼多個？⋯⋯
老婆的地位跟你是對等的，有時候會比你還高，一個女性的
地位只要跟你對等的話，她便會想辦法高於你，這是很可怕
的事情。情人的地位是不對等的，有時你可以欺負她，
因此，我從來就不會有兩個老婆。」

210

倪匡與李果珍，1959年結婚，直到1963年才生倪穗，再過16
個月，生倪震。

倪匡說，年輕時和老婆拍拖，跑戲院；現在老了，拍拖跑
醫院。

如今，倪匡幾乎都拒絕了晚宴的應酬，他要陪伴老伴，李果
珍有10分鐘見不到倪匡，心裏就犯嘀咕。外出應酬，實在
無法說不，他九點鐘也是一定要回到家的，回來哄她吃安眠
藥。如果到10點才吃安眠藥，早上8點多她就不會醒來了，

醒不來的話，9點的那次藥就沒法吃了。

晚年的倪匡，對夫人百依百順。他始終誇獎倪太漂亮又
聰明，又溫柔。

與囡囡在維多利亞公園玩耍時攝。

2

成龍「紅杏出牆」，倪匡感嘆，都是
一夫一妻制作的孽。倪匡説：「説什麼男女
關係不正常，真笑死人。男女的關係，哪裏有什
麼正常不正常的，一般人認為的正常，是多數人
依照一個方式去做罷了。少數人呢，只要他們自己
喜歡，就是正常，不必少數服從多數。將來用
什麼方式戀愛，今天的我們沒辦法想像，
也許我們看了會暈過去，就像1000年前
的人看到我們今天的相愛，也會
昏過去一樣。」

在倪匡眼裏，女人沒有不美的。男人欣賞女人，也像賞花一
樣，各有各的品味。有人覺得新潮的都市女人魅力無法擋，
也有人為質樸的鄉村婦女而傾倒；有人喜歡北方女郎的高大
風姿，也有人鍾情江南女人的嬌小玲瓏。因此，很難説哪一
種女人味最美。女人原本是千姿百態的，也許妳像一陣風，
來去匆匆；也許妳像一朵雲，飄逸脱俗；也許妳像一片雪，

冰清玉潔；也許妳像一彎月，光輝照人……美哉，屬風、屬雲、屬雪、屬月的女人味。

倪匡堅信一條，只要自己喜歡的，就一定是美的。不喜歡的，美又有用嗎？女人的美，好像小說家版權一樣，跟出版社發生了關係，混熟了，版權才有用的。他說：「女人於我來說，有價值又怎會不美，對我來說沒有價值的時候，美若天仙又如何？」

在倪匡眼中，利智就是大美女，他驚為天人。

1986年6月，香港亞洲電視選美。倪匡是司儀。這是他第一次做司儀。主辦方要他彩排，又限定他在台上說話的時間。他心裏不爽：「選美不就是一場成年人的遊戲嗎？何必如此認真？」

雖說是「遊戲」，倪匡為讓自己在台上表現出色些，出場前喝了酒。酒色酒色，選美不能不喝酒。一來壯膽，二來可讓自己語速放緩，飲了酒，自己反應就會變遲鈍些。倪匡平時說話速度快，加上他語帶上海口音，一般香港人未必都能聽

明白。在準亞姐中，倪匡最欣賞是35號、被稱為「利美人」的利智：她是他50年來第一次見到這麼美的美女，亞姐后冠非她莫屬，肯定是她的囊中物。圍着倪匡的一班女記者吐出罵倪匡的狠話：「你沒見過女人啊，她也算靚？」

利智，生於1961年12月，畢業於舊金山大學。倪匡在總決賽前兩天，與朋友餐聚時說：「美，其實是很主觀的，跟口味一樣，各人所好不同，但美食需要各方面配合，而且要美得突出，利智就勝在她的模樣突出。無論你說她老土也好，像六十年代的歌女也好，但她已給了你深刻印象。如果她三甲不入，這只是評判眼光不夠。不過，她最後能否勝出已不重要，反正，她的目的已經達到。她的志愿是做個成功藝人，她今次參選，求名得名，這不是成功了嗎？」大賽結果，果然不出倪匡所料，利智當選為亞洲小姐冠軍。

倪匡對利智可謂情有獨鍾。那天，他看到報紙上利智暈倒的照片，倪匡頓時大聲嚷嚷：「我從未見過有人連暈倒都暈得這麼漂亮！」

當時，社會上有傳言，說利智的背景有問題，被傳是某富商所包的「黑市情人」。倪匡對此極為憤怒而不以為然：「這有什麼關係呢？以她這麼漂亮的女孩子，又是從大陸出來的，有男人喜歡，有什麼出奇？何況現在選的是美貌和智慧，又不是選純潔和清白，即使被人包養而生過仔又怎樣？我不明白，為何某些人總是愛揭人的過去，『身家清白』四個字怎麼解？現在又不是選『處女』，說結過婚不能參選，還能理解。就算裸體選美，也不用大驚小怪，人原本就是清白之軀。」

那一年，亞視和無線的兩台選美，倪匡都不放過。無線選的港姐，倪匡最看好蘇嘉寶和林其欣。倪匡還開出盤口，以一賠五的買蘇嘉寶三甲必入，結果輸了。

當時，圈內盛傳倪萱彤是倪匡私生女。因為他和她同姓，又都是上海人。有友人私下問他，倪匡聽了哈哈哈哈笑：「簡直匪夷所思，如果我有這麼漂亮的私生女就好了。我和她的樣子又不相似，按理說，我沒有理由在外面會有私生女的。」當然最後證明，他和她並非父女。倪匡還覺得遺憾，

215

這麼美的女孩是自己私生女倒也不錯。

那一年，圈中大哥成龍「紅杏出牆」，「小龍女事件」鬧得滿城風雨。那是1999年10月，成龍和吳綺莉一段婚外情，吳綺莉被爆懷着「龍種」，默認孩子是成龍的。11月，成龍承認犯了「天下男人都會犯的錯」，坦言小龍女事件「成了自己人生最大的污點」。

216

此時，在美國的倪匡實在忍不住了。他說，沒有一夫一妻制，就不會搞出什麼什麼事件那麼多花樣來。他說：「有些人精力旺盛，是天生下來播種的，叫他們怎麼停得下來？我們年紀大了，配額用完了，就自然沒有這種事。風流可以解釋為玩得上檔次，玩得高尚，吟詩作對也行，性行為也行。性行為是用來傳宗接代的，無可厚非。用什麼手段來達到這個目的，都可叫做風流，這是雙方願意的事，對方不願意的情況下硬來，這才是下流。」

倪匡說：「說什麼男女關係不正常，真笑死人。男女的關係，哪裏有什麼正常不正常的，一般人認為的正常，是多數

人依照一個方式去做罷了。少數人呢，只要他們自己喜歡，就是正常，不必少數服從多數。三妻四妾也是正常的。不過，在美國就不行了，再有錢，一個老婆分一半，被女人告到仆街為止。將來用什麼方式戀愛，今天的我們沒辦法想像，也許我們看了會暈過去，就像1000年前的人看到我們今天的相愛，也會昏過去一樣。」

一天，倪匡在家看報紙。他呷了口茶，翻過報紙一頁，大標題進入眼簾：油尖區掃黃拘20北姑。倪匡扔下報紙：香港警察怎麼如此無聊？！

月亮的背面其實很冷。在倪匡眼中，「北姑」原本已經很可憐了，好不容易來香港做妓女，還要天天防備香港警察拘捕。香港警方為什麼要捉她們？就算捉100個、200個也根本沒有用啊。中國有6000萬個妓女，能捉乾淨嗎？這是聯合國公布的數字。連倪匡都不相信，他說，或許把情婦都計算在內了。

倪匡說起香港所謂「一樓一鳳」政策，認為不代表娼妓在

香港合法，只是法律的灰色地帶，將光顧娼妓的嫖客視為
「搵（找）朋友」，是以不觸犯法例而已。香港的妓女一直
被欺負，黑白兩道欺負她們，她們完全沒有保障。她們
膽怯，覺得自己做的事違法，每次受欺負遇到打劫，都不
敢報警求助。因此，「紫藤」這個組織就是有存在的必要。
願意捐款給這個機構的社會人士值得讚賞，因為很多有頭有
臉的人，為免名譽受損，都會與這一機構劃清界限。

218　媒體喜歡用「性工作者」替代「妓女」，這成了一種趨勢。
倪匡總覺得很奇怪，有人解釋說，以「性工作者」稱呼，
比較得體，也尊重這個行業。倪匡對此不以為然，認為
「妓女」這樣的稱謂，本身並沒有貶義，「名妓」，多風
雅，多風流。自古以來，中國社會並不歧視「妓女」，文人
雅士與妓女之間，有着千絲萬縷的微妙關係，與妓女交友的
都是有識之士，是公子才子，他們更會以認識妓女之多而
榮幸，中國很多文學名著更是由妓女的故事延伸而成的。
當然，也不能否認，現時「妓女」給人負面印象，是與妓女
的質素下降有關，她們不再像以往那樣懂得吟詩作對，只是

純粹是性的工作的人。「妓女」是一種尊稱，「性工作者」反而帶點貶義。

倪匡對香港一些娛樂場所沒有太大感覺。他去過一些場所，中國城兩三次，大富豪三四次，日式夜總會也去得不多，印象不深。香港該不該設紅燈區，在媒體上曾有過多次公開討論。倪匡是贊同社會包容妓女這個行業的。他認為，色情的價值就在於：沒有色情，便沒有下一代。沒有色情，人類便會絕種。現代人卻顯得太保守，法國大仲馬，生活糜爛，情婦多得數不清；中國的溫庭筠，有詞題為《菩薩蠻》，也說喜歡流連色情場所。古代的煙花之地，皇帝也會去啊……宋徽宗、李后主都去，道光更玩到生花柳呢。

在一次公開場合，倪匡說，為什麼不讓中學生去嫖妓？十五、六歲的中學生，對異性總有一種天生的好奇。但他們沒有機會接觸裸體女性。應該給他們近距離欣賞、近距離接觸。否則在青春萌動期，他們沒有地方發泄，只會輕薄女同學。如果三兩個同學湊錢到「一樓一鳳」嫖妓，女人是怎麼一回事都清清楚楚了，對他們的成長一點壞處也沒有。很多

事情不應該限制，愈抑壓，愈是反效果。在西方社會，家長帶兒子去召妓的情況是很普遍的，社會的男女都那麼開放，十五、六歲的學生，男男女女早已搞作一團了。

倪匡説，為什麼很多男人喜歡看報紙「召妓指南」版面？「有多少人是讀了召妓指南而去召妓的，不看指南的也會去召妓，召妓指南通常是給不召妓的讀者看的，內心嚮往，卻不敢去，看一看，滿足自己好奇，身心二益。」

一次，倪匡與才子黃霑在電台接受訪問。忽然間，黃霑坦言自己曾經召妓。那女主持大聲疾呼：「嘩！霑叔，你嫖妓？」黃霑一時被她嚇傻了，回過神來，急急説：「嫖妓又有什麼驚奇的呢？你父親肯定也有嫖過，不信你去問問他。」

倪匡聽了，一樂，頻頻點頭：「女人永遠無法明白男人為什麼要去嫖妓？尤其是現代女性，更是一知半解，總説男人對她們不忠。其實『忠』字最不通，『忠』字只在主奴關係中出現。夫妻關係並不存在『忠』字，只存在『愛』字。」

倪匡説，有一天，他在雜誌上讀到一篇文章，寫一個女校長

結婚20多年，生了一個兒子，一次她去深圳按摩，與按摩師發生了關係，她感到非常享受又開心。文章以純生物的角度來寫，指性生活就是生理需要，所有道德規範都可以完全拋諸腦後。

倪匡説：「所有女人都要求男人忠於她們，以為男人喜歡她們就會忠於她們。基本上，一個男人喜歡一個女人，卻又同時與其他異性發生性關係，這是截然不同的兩件事，女人就是不明白。我很欣賞那個女校長的行為，我覺得這樣做沒問題。我的英文不好，但我知道有句話叫：『So what！』那又怎麼樣，你管得着嗎？哈哈哈……中國人的社會觀念太守舊，性好像是一種忌諱，其實是一件尋常的事。與人發生性關係，就好像跟人握手沒分別，都是身體接觸。中國社會就是不開放，仍停留在女性會吃虧、容易懷孕或患性病的陳腐觀念上。香港的情況比內地更保守。」

倪匡對男女性事怪論不少。他説，男人一旦在一個女人面前有了自卑感，那個男人對此女的愛意便會自然消退。聰明的女人，絕不會讓男人在她面前表現得自卑。因為聰明女人明

白一個十分淺顯的道理：男人一旦在一個女人面前自卑，這個男人，絕不可能再愛這個女人了。男人在心理上，有十分重視的一環：雄風。男人要是在心理上認為自己在一個女人前沒有了雄風，那就是絕不會再去愛這個女人。天下有的是女人，為什麼不去找可以在她面前大逞雄風的女人。因此，聰明的女人，都會維護男人雄風，除非她不愛那個男人了。而且男人十分幼稚，每個男人都自認為大有雄風，所以，要培養建立男人有雄風的信心，十分簡單，很易成功。所以，聰明的女人，若是有意無意之間，抓住了男人的什麼小辮子，一旦揭開來，足以令男人老羞成怒的，必然將之當做大秘密，絕不露任何口風，以免打擊男人，使男人產生自卑感，每見到這個女人就有抬不起頭來的屈辱感，感到這個女人在氣勢上凌駕了他，他對那個女人的愛意，會自然消退，很可能會退到零。

倪匡深信，一個想在男人面前佔上風的女人，必然是愛情的失敗者。

一次，倪匡相約一相交20年的男友在銅鑼灣品紅酒。説着説

着，他就感覺到這男人失魂落魄，心不在焉。倪匡問：「你這傢伙怎麼啦？」

那男人遲疑了一陣，說：「完了，完了！」

「為什麼？」

「老婆和別的男人上牀，她承認了。」

「真可惜，你難過？」

「是，難過得很！」

「一點不必難過，女人的身體給了別的男人，連帶她的心也必然不屬於你了，何必難過？身心皆屬他人所有了，還有什麼好難過的，自然應該聳聳肩就算了。」

倪匡說，女性心理和男性不同，早已經過科學證實。生張熟魏，只要付錢就可以搞定。女性若是對一個男人口說「愛你」，而又跟別的男人性交的，她所說的愛，必然是假的，絕對沒有第二種可能。男人呢？男人可以對一個女人

說，這是真心的，卻又會與別的女人有性生活，這是正常的。男女世界就是這麼不公平，女人不服氣？那就祈求下一世做男人。

倪匡說過，有一種女人，天生有偷吃禁果的衝動。傳說之中，后羿的妻子嫦娥，偷吃了靈藥——后羿得自西王母處的不死藥，成了神仙，飛到月亮，住在那裏的廣寒宮之中。嫦娥住在廣寒宮之中的生活如何，心情怎樣，歷代文學家都各憑想像，作了不少文章詩詞，最著名的，自然是李商隱的「嫦娥應悔偷靈藥，碧海青天夜夜心」了。那寫出了嫦娥無比的後悔和寂寞，可是已經無法挽回，顯然當日偷了靈藥吞下時，沒有好好想一想。嫦娥吃靈藥的心態，十分值得研究。她的丈夫是射日的大英雄，作為一個女人，在當時，她應該十分幸福，十分滿足了。可是，有一種女性，天生有偷吃禁果的衝動，一有機會，就想嘗試一下，否則她會生活得怨氣沖天，別人眼中看來幸福美滿的日子，在她心中，會變得沉悶無比，於是，她就不顧一切地去嘗禁果。嫦娥必然是這一類女性，靈藥就是她的禁果，而偷嘗了禁果後，必然付出代價。

1992年10月的一天，倪匡離開香港移居三藩市一個半月了。在香港的好友沈西城，給他電話。沈西城與倪匡都是上海人。

「小沈，我在這裏忙得團團轉。」倪匡在電話另一頭說。

「儂（你）忙些啥呀？」沈西城問。

「我每天只寫半個鐘頭的稿子，跟着就是聽古典音樂，看錄像帶，忙得透不過氣來。我剛剛看了一部成人錄影帶A片，那個女主角，漂亮性感的不得了，香港都找不到這樣的美女。」

倪匡在美國10多年，總共收集了5000多部A片錄影帶。他承認看了300部。初到美國，他看見每一家影碟商店都有個角落賣色情碟，他一陣竊喜，像發現什麼寶藏。那時還流行LD，他不時入貨，常買常看。後來LD被DVD取代，倪匡也就漸漸買得多而看得少了。他的觀點是，欣賞A片，本身並無害處，每人都有權利看他們有興趣知道的事情。倪匡還有搜集寫真集的癖好，身在美國，仍捧舒淇的場，認為她的

身材比例最好。她的幾本寫真集，倪匡都買齊了。

倪匡的廣東話，説得很差。他的英語，也只懂「yes」、「good」、「keep the change」，不料，他到了三藩市才知道，這裏地大人少。他不會駕車，方向感極差，別説去三藩市大學，就是去唐人街，也需要沿途一路問路。出不了門，他就只能在家看A片了，聊以「自慰」，排遣孤獨。

美國三藩市居所的工作間，拍攝這批相片大約是六十歲，身體健康，精神飽滿。

美國豪宅一樓客廳。

3

倪匡説：「做人最好就是醉生夢死。
醉生，每天喝醉；夢死，在做夢的時候死
去。他患上「酒精中毒」的酒癮。治好他酒
癮的卻是上帝。一次20分鐘的禱告，令他擺脱
酒癮的折磨。在香港影壇，倪匡飾演的都是
「茄喱啡」，第一個角色正是喝醉酒的
嫖客。其實，倪匡對香港電影的貢獻，
不是這些角色，他創作開拍的
電影有461部。

倪匡從16歲起開始吸煙，他有過35年煙齡，最高紀錄一天
五包煙，早晨在牀上睜開眼便吸煙，刷牙時都吸煙不停，
晚上上牀前最後一件事也是吸煙，家裏所有可以站的坐的
位置，伸出手都要觸及到煙灰缸，煙灰缸更是天天塞滿
煙蒂，家傭每天要清理數次。他自嘲説，如果早上在他前額
掛一條鯧魚，下午已可以變成煙鯧魚。

一天，他自我感覺「聽到」上帝給他的信息，他解釋說是聽覺神經受某種力量的影響，直接使他收到外來傳遞的信息，這與從耳朵聽到的不一樣。這個「信息」就是「你吸煙的配額用完了，可以不吸煙了」。倪匡坦承，起初不明白其意思，連續聽到三次，然後他恍然大悟，想通了，他不知犯了什麼罪，被判30多年煙癮，現在這個刑罰已滿了，「我可以不吸煙了」，刑期滿了，監牢的門打開了，可以自由了；又好像罰你50大板，打完就可以穿回褲子，不用再打了。倪匡當時立即寫了幾個字，「多謝多謝，如果不是你提醒我，我還會繼續吸下去」。從此之後，他就不吸煙了。

吸煙，配額用完；醉酒，同樣配額用完。以前一天至少可以喝一公升XO，後來，他宣布「戒酒」，他把「戒酒」的定義，只是解釋為「不要飲醉」而已。有朋友問倪匡：最近在忙什麼？倪匡答：「醉生夢死。」朋友一愣，沒反應過來。倪匡說：「做人最好就是醉生夢死。醉生，每天喝醉；夢死，在做夢的時候死去。這樣過日子，多幸福。」有人問倪匡：「你最喜歡喝什麼酒？酒名叫什麼？」倪匡答：

「叫『再來一杯』。」倪匡一直勸別人不要空肚子喝酒，說會傷身子的，最好就是先來幾杯啤酒打打底。

倪匡喝酒的形象深入民心，還有酒商找他拍廣告。1989年8月4日，香港《東方日報》上，倪匡做過酒的廣告。「倪匡：我認為養命酒是最Fit的補酒！」倪匡坐在桌前，桌子上擺着日本「養命酒」。廣告中，倪匡右手舉着盛着酒的小玻璃杯，左手握拳。

230

其實，這只是倪匡電視片廣告中的一個截圖而已。電視片段中，他舉起酒杯，説一聲：「最Fit」。這是東京都涉谷區養命酒製造株式會社生產的藥酒，早在1602年開始製造。中國藥酒古時流行，日本奈良時代已由中國傳入，江戶時代更發展為大量生產的商業酒，其中最著名的就是這款「養命酒」了。此酒浸了肉桂等14種藥材，酒精度頗高。養命酒研究所所長小島曉説：「連續幾天喝適量的，能幫助血液循環，就不怕冷了，它能激發身體自然治癒力，效果不錯。」自從倪匡做廣告後，這款酒的銷路直線上升，日方賺了不少錢。

倪匡的酒量，是在年輕時剛踏上社會就練就的。1951年，倪匡16歲，他作為公安幹警，被派到江蘇省淮河雙溝駐守。雙溝，是淮河下游的一個古老市鎮，古為泗州之地。漢代新莽年間，曾設淮平縣於此，故稱淮平鎮。明清時期，名雙溪鎮，又名雙溝鎮，有着悠久的釀酒歷史。獨特的地理環境，鑄就了悠久的雙溝釀酒歷史，據《泗虹合志》記載，雙溝酒業的始創於1732年（清雍正十年），距今已有近300年歷史。久遠的歷史長河中，雙溝酒業積澱着深厚的文化底蘊。

國父中山曾為雙溝酒題詞：雙溝醴泉。雙溝大麴是中國十大名酒，被譽為中國酒源頭，1977年在雙溝附近的下草灣出土的古猿人化石，經專家考證後，被命名為醉猿化石。科學家們推斷，1000多萬年前在雙溝地區的亞熱帶原始森林中生活的古猿人，因為吞食了經自然發酵的野果液而醉倒不醒，成了千萬年後的化石。此一論斷，已被收入中國現代大百科全書，2001年，中科院的考古專家們第二次對雙溝地區作了更為詳細的科考，結果發現早在1000多萬年前，雙溝地區就有古生物群繁衍生息。

雙溝大麴，色清透明，窖香濃郁，綿甜甘冽，回味悠長，自古已名揚江淮，香飄九州。早在1910年的南洋勸業會上獲金質獎章，被評為國際名酒第一。高端創新產品雙溝珍寶坊系列白酒，開創了中國白酒自由勾兌之先河。

倪匡在雙溝的一年多的日子裏，天天美酒香透。他住地邊上就是酒坊。他沒想到，如此佳釀，生產的地方竟然簡陋得不能想像，釀製過程沒有科學化管理，全憑釀酒師經驗。當然那是50年前的事了。倪匡每天有酒坊員工贈送他的佳釀，高粱白酒當水飲，由此，練得一身好酒量。在香港成名後，一次飲一兩支白蘭地視為等閒。至今，每每回想當年在雙溝的日子，印象是幾乎從來沒有清醒過。

倪匡嗜酒之名，在朋友圈無人不曉，不過，即使前一晚他喝得酩酊大醉，這位仿如有無限精力的作家，還是會在早上五六時起牀，開始他的工作——寫稿，一般寫了兩小時，才因手累而停下而想到用早餐。

那年為香港亞洲電視擔任《今夜不設防》節目主持，每次錄

影都獲贊助商送來兩箱24支白蘭地，尚未正式拍攝，黃霑，蔡瀾，倪匡及一眾工作人員早已喝得醉醺醺的，假如嘉賓也是愛好杯中物，情況就更加一發而不可收拾。一次嘉賓是張國榮，最初他不太願意飲酒，只想閒話家常完成錄影就算了。黃霑對他施激將法，不堪被激的他隨即拿起酒杯，一口而盡，由此便停不了，將節目氛圍推向高潮。

倪匡醉酒的笑話傳聞，在香港文壇散佈頗廣，如有那麼個有心人收集，準能編輯成一書出版。一次他喝醉了，大罵共產黨，在座的有不少是親北京的文人，但他們沒有生氣。倪匡醉成肉泥，還是由親中的《文匯報》和《大公報》的老總送回家的。

又一次，倪匡喝醉酒，顛顛倒倒走回家，路上遇到兩個警察。警察一看，是匡叔，打了個招呼，問：「半夜三更，去哪裏？」倪匡答：「去聽演講。」警察一愣，演講到半夜啊：「哦，聽張五常教授講？」倪匡搖頭：「不是，現在去聽。」兩個警察互相望了一眼，不解。倪匡又補了一句：「聽我太太講。」警察再一愣，腦子空白兩秒，而後忽有所

悟，哈哈笑了。

又有一次，倪匡酒醉後，走在尖沙咀海旁，一群裝修工人正忙一工程。有個身材高大的裝修工人滿口髒話，倪匡走過，停下，看看他，便說：「我老婆80多歲挺適合你，你老婆40多歲很適合我。」那工人震怒，隨即拿起手上的鋸子追斬倪匡，其他工人都制止不住他。事後，朋友跟倪匡說：「倪匡，你以為你真的是衛斯理嗎？」

還有一次，倪匡在酒吧喝醉了，鬧事。他舉着酒杯，大嚷：「在我左邊的人都有艾滋病！」旁人都不理睬他。他見狀，沒人理他，便又大嚷：「在我右邊的人都是基佬！」大家還是不理睬他，他覺得很無趣。此時，只見一個年輕人走到他跟前。倪匡懵懵懂懂中，以為他是來挑戰自己，於是問：「你真的是要與我打架嗎？」那年輕人說：「不，不，對不起，我不知道我是屬於哪一邊的，我是一個有艾滋病的基佬。」倪匡聽了，一愣：是哦，兩邊都不屬於他，那就站中間，自己站的位置？

有一個時期，倪匡生活確實很頹廢，飲酒厲害，他從1980年至1992年移民美國為止的12年生活，顯得很荒唐。在台灣，他天天跟幾個朋友喝酒，每晚都醉得不省人事，翌日起牀頭痛不適，被送到醫院吊鹽水輸液，4小時後清醒了，再喝再醉。他終於發現自己患上「酒精中毒」，上了酒癮，當時曾經設法用自己的意志力試圖克制自己：早上起牀後不要喝。但最多自我控制了兩個小時，他酒癮再起，全身冒冷汗，整個人縮作一團。他就像上了白粉癮一樣。

倪匡常說：「有東西吃有酒喝又有好朋友在一起，是人生最大快樂。」一次，朋友給倪匡倒了杯酒，倪匡喝了一口，砸砸嘴，眼睛一瞇，大笑說：好酒好酒。說起酒徒愛在飲酒時猜拳作樂，倪匡感到不理解而憤憤不平。他說：「有什麼理由猜贏的沒酒喝，猜輸的反而可以喝酒？這是沒有道理的。」舉座都贊同他的觀點，紛紛舉杯：喝酒喝酒。倪匡便「哈哈哈哈」，一笑眼睛又瞇成一條線。

他曾經在一天裏喝下1.75公升的伏特加，即差不多兩瓶。他要喝烈酒，白蘭地已不足以「頂癮」了。那時「酒中毒」嚴

重，醫生警告他一定要戒酒，否則身體會愈來愈痛苦，行為也會異常，也會瘋狂。醫生說，酒癮比白粉癮更難戒掉。倪匡聽了，嚇了一大跳。醫生隨即為他聯繫醫院戒酒癮。他去到經醫生聯繫戒酒癮的那所醫院，聽了醫生的斷症後，他頓時又「飆了一身冷汗」。醫生說，依他的病情，3個月內未必能完全戒掉酒癮，戒的過程會相當痛苦，就像精神病人一樣，要單獨困在一個房間內發癲。

倪匡聽了，覺得實在太痛苦，心想，還是慢慢戒吧。於是，他不再去醫院戒酒癮了。倪匡好友古龍也是愛酒如命。知道倪匡「中酒毒」後，笑着說：「說什麼酒癮？喜歡喝就喝啦，只是想喝酒而已，有什麼問題呢？我也是早上一起牀就想喝酒。」倪匡聽古龍這麼說，笑了：「這種朋友，既是知我苦，但無疑也是我的至愛損友。」

有個牧師看見倪匡常常醉酒，便提醒他說：「倪先生，你做了教徒，是不可以喝酒的。」倪匡信以為真，幾乎有半個月滴酒不沾。別以為倪匡信基督那麼虔誠。你問他，為什麼信基督？他說，不是我要信，是基督要我信。問他，為什麼星

期天從來不上教堂禮拜？他說，基督沒有叫我上教堂，基督也沒有叫我去傳教，如果你是一個真正的基督徒，就會知道基督真的沒有叫人去做這些事。再問他，你太太是不是基督徒？他說，我老婆覺得我這樣的人也成為教徒，基督教還有什麼可信的？！

1986年，倪匡信主。對此，圈中友人皆半信半疑，離不了菸酒和女人的男人，怎麼就成為信徒呢？倪匡說：「這是上帝的召喚。我的台灣朋友梁上元寫信向我傳道，我感到有神奇力量，覺得應該歸信。我是素來也相信宇宙間有創造者。一直以來，中外許多哲學家、神學家，或者其他宗教，都用不同途徑去證明上帝存在，可能因為基督教道理簡單，許多人反而不肯接受。」

一天晚上，倪匡突然想起好幾個朋友都是教徒，怎麼他們都能喝酒呢？他心想，是不是上了那個牧師的當？人活着不喝酒，那人生還有什麼好玩的呢？整個人不都變成一塊木頭那樣呆了嗎？

倪匡從《聖經》裏找到「答案」。他召來眾牧師請吃飯。眾人一坐下，倪匡就大聲嚷嚷：「小二，拿酒來！」那位勸他禁酒的牧師大驚失色，說：「為什麼你又喝酒了？」倪匡把《聖經》裏關於喝酒的句子，一句句念給大家聽，再問牧師：「耶穌基督到來第一個神蹟是什麼？」眾人面有難色，默不作聲，倪匡就說：「第一個神蹟是拿水變酒給人喝。」結果，那天每個牧師都喝得臉兒紅紅的回去了。

238　不過，幫他治好多年酒癮的，還是上帝。

一次，倪匡在美國夏威夷，應邀去朋友家晚宴。用餐前，朋友們坐着邊看電視邊閒聊。

作客的朋友中，有位王牧師。不知何故，倪匡忽然對坐身邊的王牧師説：「《聖經》裏有説，只要兩個人同心禱告，上帝必定聆聽。」

王牧師點點頭，卻不知倪匡要做什麼：「你要禱告？」

倪匡嚴肅地看着他。

王牧師：「你想禱告什麼？」

倪匡説：「先不用管我想禱告什麼，到時候我自己便會禱告。」

王牧師笑笑，他似乎懷疑倪匡的誠意。

倪匡説：「我就是要禱告，但我不知怎樣禱告。」

他倆來到邊上一個小房間。王牧師開始解説要怎樣怎樣禱告。倪匡説，什麼形式不重要，最重要是誠心禱告，大聲説出來，讓上帝聽見就行了。接着，他就告訴牧師，説自己上了酒癮，實在是很痛苦，不想就此被酒控制一世，但實在沒有什麼辦法戒酒癮，唯有禱告，誠心的禱告。

王牧師被倪匡的誠意感動了，於是一同禱告了約20分鐘。

禱告時，倪匡渾身發冷，汗毛管全都豎立起來。這種感覺，他太深刻了，以至以後一説起這事，汗毛管都會豎起來。

朋友們都在飯廳裏，他倆離開那小房間後，便去了飯廳吃

飯。原本滴酒不沾的主人家，因倪匡到來，專程買了兩支伏特加酒，還預備了GIN酒、RUM酒等，想讓貪杯的倪匡喝個痛快。

吃了一會，主人家突然問倪匡：「咦，倪兄，為什麼不喝酒啊？這些好酒就是為你準備的。」當時，倪匡一愣，自問道：「哎呀，為什麼我不喝酒啊？喝，喝，喝啊。」從那一晚起，不再是酒控制倪匡，而是倪匡控制酒。酒，對他而言，可喝可不喝，能做到隨心所欲。不是戒酒，而是戒酒癮，酒可以照喝，但不能喝醉。他終於擺脫酒癮，可以做到歡喜喝就喝一點，不歡喜喝就不喝。原先曾安排他戒酒的那位醫生，聽說倪匡不用接受治療，卻成功戒除酒癮，開始還不相信。

240

隨着年齡增長，倪匡現在的酒量已愈來愈弱。他去黃宜弘、梁鳳儀家中作客，主人家拿出兩支路易十三，倪匡只喝了不到半瓶便有醉意，那次他足足難受了三天。他知道自己的酒量已大不如前。為此倪匡曾問醫生，為何酒量變得這般弱。醫生也不明所以，只提議他不妨慢慢練回酒量。醫生話未說

完，身旁的倪太隨即大聲吼道：「都幾十歲人了，還練酒量幹什麼？」

倪匡總喜歡用「人生的配額」，說不寫稿，是因為人生配額用光了；說不喝酒，是因為人生配額用盡了。但他的所謂「配額」，是有彈性的，這種「彈性」完全由他自己決定。在明報出版社總經理蘇惠良的宴席上，倪匡看到皇家禮炮威士忌，他照樣喝酒，問他：「你不是說過，人生的配額用完了嗎？」倪匡笑笑：「還有十五個巴仙（百分之十五），是喝好酒的。」

倪匡在影壇出演角色，就是與喝酒有關聯。他演的第一部影片是扮演醉酒的嫖客。

倪匡參演電影，完全是好友蔡瀾撮合的。蔡瀾用名酒「路易十三」來吸引他演戲，說有好酒喝，又有很多美女聽他講故事。倪匡心動了。蔡瀾介紹他飾演影片《四千金》裏四千金的老爸，是位作家，倪匡聽了，也算喜歡這個角色，有四個靚女做他女兒，心裏甜滋滋，沒有報酬他都願意拍。

倪匡拍了不少造型照，導演看了倪匡的相片，疑惑説：「這個人看來看去都不像個作家。」在他心目中，作家一般都是咬雪茄，整天苦苦思索的模樣，還要時不時咳嗽一兩下，最好咳出血來。

第一晚，大家對倪匡的演出還算滿意。第二晚倪匡喝醉了酒，全場演員都是大牌明星，就等倪匡一個人現身，可是他醉得連腳都站不起來。

導演打電話給蔡瀾：「你介紹的是什麼人？醉成這個樣子？現在怎麼辦？」

蔡瀾在電話那頭説：「他演什麼角色？」

導演説：「他演一個喝醉酒的嫖客。」

蔡瀾説：「這不正合適嗎？把他推上拍攝片場去就是了！」

於是，他們就把倪匡搬上一座轎子，背後有個人把他的手搖呀搖的，個個都説倪匡演醉酒演得特別棒，像極了。翌日，他酒醒了，整個片場只剩他一個人，孤零零的，他醒來，呆

呆看着片場，都不知道自己怎麼會跑到這兒來了。

後來有人跟倪太說：「那個蔡瀾不知是什麼朋友，叫他演嫖客，簡直是污辱了大作家的名聲。」倪太輕輕一句：「倪匡扮作家、扮嫖客，都是本行！」這一句，12字，字字刻薄，卻字字在理。

一次，替嘉禾公司開拍《群鶯亂舞》，倪匡還是客串嫖客。這部片子是上世紀三十年代的懷舊片，由蔡瀾監製。蔡瀾以一天一萬港元的高酬邀倪匡出演。倪匡既愛醇酒又愛美女。聽到片場會有喻可欣、劉玉婷、關之琳、王小鳳、張詩品等一眾美女，倪匡早已暈淘淘了。到了片場，老闆鄒文懷送他一支馬爹利藍帶干邑，倪匡當場喝盡，那天拍攝相當順利。翌日，友人又送來兩支干邑，倪匡在片場喝醉了，醉得不省人事，怎麼也弄不醒他。導演竟然將他綁在一張椅子上繼續拍攝。拍完了，眾人散去，倪匡仍留在片場，一團肉般攤在那兒，直到晚上他醒來，不知道自己在這裏幹過什麼。孰料，翌日人人讚倪匡演得特別到位。

倪匡飾演的都是「茄喱啡」，即英語「Carefree」的外來詞，指戲中無關重要的臨時演員，或稱特約演員，與跑龍套、臨記、打雜等的詞語同意。茄喱啡通常是扮演小二、路人、店員等閒角。

一次，導演對倪匡說：「今天你與女主角有一場對手戲。」倪匡心想，女主角應該是靚女，有機會演對手戲，那也不錯。到開拍時，倪匡坐在一角，這回他沒有喝酒，與女主角演戲，喝醉酒就麻煩，自己都不知道會做出什麼動作。過了好一陣，倪匡只見副導演、攝影師、燈光師、場記，卻不見其他演員，始終不見女主角。

倪匡就傾身拍了拍坐在他前面一排的副導演，輕輕問：「女主角呢？」

副導演答：「她今天不用來。」

倪匡不解：「沒有她，我怎麼演對手戲呢？」

副導演舉起右手拳頭，對倪匡說：「對着它演就行了。」

倪匡氣得心裏罵娘，漲紅了臉：「那我怎麼能投入感情演出呢？」

副導演聽了，似乎覺得很奇怪，又舉起拳頭說了一遍。

倪匡沮喪地看着副導演。客串演出都是這樣，到埋位要拍攝時，也未必清楚這場戲的上文下理，對劇情的發展更是一概不知，往往只是看着一張「紙仔」，照着念紙上所寫的幾句對白就是了。

又有一次，倪匡演一個喜歡喝酒的老醫生，動手術時害死了病人。他戴着口罩和帽子，導演説，脱了眼鏡行不行。倪匡説，脱了眼鏡就看不到東西。他不管導演怎麼説，便戴着眼鏡，穿着醫生袍，等着導演吩咐。導演在旁説：「匡叔啊，演戲呀！演戲呀！」倪匡愕然，轉臉對着導演嚷嚷：「戴着這種口罩，只露一對眼睛，怎麼演嘛？」導演説：「要用眼睛演呀！用眼睛演呀！」倪匡氣冲冲拉掉嘴上的口罩，摔在地上，而後重重地説：「你明明知道我眼睛那麼小，就這麼一條線，還叫我用眼睛演戲？能演嗎？一個演員能用眼睛演

戲，還會在這裏混，早就去好萊塢（荷里活）啦。」那導演
看倪匡真的不悅了，連聲說：「對不起，對不起！隨便吧，
隨便吧！」

有一部片子，劇情要求演員一邊拍打、撫摸洪金寶的頭，
一邊說：「阿仔，阿仔。」洪金寶在電影界地位很高，沒人
敢演拍他頭的父親角色，洪金寶想了想說：「你們真沒用，
找匡叔來演怎麼樣？」倪匡說：「這個角色我能演嗎？」
洪金寶說：「你只要當自己在教訓兒子就行了。」導演也
說，倪匡演洪金寶父親，絕對是不二人選。倪匡說：「可是
我從來不教訓兒子的。」眾人說，要找一個膽敢摸「大哥」
洪金寶的頭，還要叫聲「阿仔」的人哪裏去找啊？你倪匡與
洪金寶還有交情，年齡又適合，就是你倪匡啦。結果這場景
還是拍成了，倪匡還喝得酩酊大醉。劇組拍戲，凡有倪匡出
場，都會準備好兩瓶酒，讓倪匡喝得臨近醉的邊緣才開拍，
這成了一道鐵律。

倪匡前後拍過10多部電影，飾演的都是「茄喱啡」，多是
跑跑龍套的角色，不過，他依然覺得好玩，除了有酒喝，有

玉女陪，就是閒着的時間多。拍戲最適合倪匡的，可以說就是「沒事做」，閒着等埋位。一早到片場，等到製作人員打燈，導演要他埋位，拍五分鐘十分鐘，再等待下一場戲。他所拍的戲份，大多不用什麼對白。在片場12個小時，真正演出的時間最多半小時，其它11個半小時就枯坐着沒事做，最好的消磨時間，就是閱讀。全套72本柏楊版白話《資治通鑒》，倪匡就是在當跑龍套時看完的。

倪匡對香港電影的貢獻，當然不是飾演的這些角色，他創作開拍的電影有461部，被視為香港電影的有361部。

1982年，第一屆金像獎。倪匡擔任頒獎嘉賓。

「有華人的地方就有『港產片』」。當年正值香港電影新浪潮蓬勃發展之時。香港電影金像獎是大中華電影界最重要的獎項之一，也是華語電影的最高獎項之一，是全世界華語電影頒獎禮中，直播覆蓋兩岸三地和全球各大洲的華語電影頒獎典禮，也是亞洲地區重要的電影殊榮之一，與台灣電影金馬獎和中國電影金雞獎並稱為華語電影最高成就的三大獎。

2006年4月8日。香港紅磡體育館。金像獎25年。頒獎儀式由
曾志偉、毛舜筠、杜汶澤任主持。

香港電影金像獎協會董事局主席文雋,為籌備這一頒獎會,
頗費心思,忙碌了好一陣。

一天,文雋打電話給倪匡:「匡叔啊,蔡瀾已經答應替我們
頒最佳編劇獎,說要和你一起來,他才覺得有趣。」

他引誘倪匡。倪匡一聽蔡瀾答應了,也就爽快答應了。

文雋又給蔡瀾打電話,說:「倪匡是在第一屆金像獎時做過
頒獎嘉賓,今年第25年,特別有意思,你要陪他來喲。」蔡
瀾一聽倪匡已經答應做嘉賓,也就爽快答應作陪。

後來,倪匡與蔡瀾見面,一對口供,先後次序不同,發現受騙,
被文雋賣進「窯子」裏。不禁自嘆:老妓兩名,實在可憐。

這一天,倪匡與蔡瀾走進星光大道,群星聚集。各路明星都
前去與他倆打招呼,蔡瀾自稱「有點受寵若驚」,自懷歡
慰。工作人員帶他倆步入化妝間。他倆上台,從不化妝,這

次也不例外。蔡瀾說，若有紅酒一瓶，則可滿臉通紅，顯然主辦方沒有做好準備。工作人員遞給他倆各一張小紙，似乎是上台講話的提示，倪匡手上那張紙上寫着：小說和電影，有什麼關係？蔡瀾手上那張紙寫着：25和電影有什麼關係？他倆一看，都笑了：理你都傻。

台上，要頒的是最佳編劇獎。三個主持人在談笑風生。「倪匡先生每天寫兩萬字，劇本寫了400個，他上世紀七十年代就寫了。」「把稿子也算進去，寫的字超過一億。」「《獨臂刀》就是他寫的。」「蔡瀾先生是大製片家。」「他也寫劇本的嗎？」……曾志偉高聲說：「有請兩位德高望重的前輩。」

倪匡拄着拐杖，與蔡瀾一起從後台走出亮相。

蔡瀾說：「今天的最佳編劇是誰，現在還不知道，最佳劇情就是倪匡先生自我放逐14年，他已回來香港，長居於此，不再去了。」

倪匡說：「我也寫過電影劇本，你知道我寫過多少部嗎？」

蔡瀾說：「我知道你在邵氏公司拍過261部，再加上其他公司的，你寫了，邵氏公司不一定拍，沒拍的有100部，一共有361部，但是獨立製片和台灣老闆拿着錢到你家裏求你寫的有200部，拍的加起來是461部。我也寫過劇本的，你知道我寫過多少部嗎？」

倪匡說：「我知道你寫過一部半。」

蔡瀾說：「有一部是因為我當時薪水很低，又要繳稅，沒辦法之下才寫的，另外半部是香港奇案之一，那個算半部，一共一部半。你寫了這麼多劇本，為什麼他們不頒獎給你？」

倪匡自嘲：「我不但沒拿過獎，連提名也沒有。」

蔡瀾說：「有什麼原因嗎？」

倪匡說：「這還用問，當然是因為寫得爛。」

全場狂笑。

蔡瀾說：「好，我們現在來看看，誰是今年的幸運兒吧。」

最後揭曉，最佳編劇《黑社會》的游乃海、葉天成。

6年後，2012年4月15日，第31屆香港電影金像獎頒獎典禮。寫了461部電影劇本的倪匡，雖然自稱寫得「太爛」，但畢竟眾望所歸，獲得終身成就獎。當名導演徐克把這獎杯頒給他時，全場掌聲響起，全體起立致敬。

這一年，倪匡77歲。

美國三藩市居所後園花卉。

第四章

第四章

1

香港人患上「政局不穩恐懼症」，上世紀八十年代末至九十年代，香港外遷移民人數，以數十萬人計算。1—9—9—7，在倪匡眼裏，是恐怖來臨的象徵。他終於「逃離」居住35年的香港，移居三藩市，在空寂一角度日。他自稱，在家種花、養魚、看書、聽音樂、煮飯、買菜、倒垃圾、掃地、發呆……好忙呀！家離金門大橋很近，他連橋邊也沒去過。他毅然淡出，自此天涯海角，閒雲野鶴……

美國加利福利亞州三藩市新唐人埠。

三藩市這座城市，總面積231平方公里。人口不到80萬，三面被水包圍，西邊面對太平洋，東邊、北邊面對三藩市灣。早年因發現金礦，有大量移民前往。唐人又稱它為金山。後來太平洋另一邊，澳洲墨爾本發現金礦，因此，澳洲的叫新金山，三藩市就叫舊金山。

倪匡的家，在45街。這一帶可算是高檔住宅區。倪匡遠涉重洋，「飄洋過海尋仙道」，來到三藩市。

當英國的米字旗還未換上中國五星旗，不少生活在獅子山下的香港人，已開始憂慮香港的前途。在九七政權移交前夕，有那麼一群香港人患上「政局不穩恐懼症」，不惜賤賣香港資產，漂洋過海遠赴異國他鄉。

上世紀八十年代末至九十年代，香港往外遷移的移民人數，以數十萬人計算，不少人才、資金外流，對香港人口結構帶來重大影響。香港移民潮開始明顯是在1989年，1992年和1993年為最，移民高峰期延續到1995年。移民手續通常需要辦1至3年。據香港特區政府統計處公布的數字顯示，1997年前，每年平均有5萬港人移民國外，僅在1992年至1997年間，就有30萬港人賣房、賣車，移民加拿大、美國、英國、澳大利亞、新西蘭等國家。新西蘭的奧克蘭、威靈頓，加拿大的溫哥華，澳洲的悉尼、墨爾本，美國的紐約、三藩市、洛杉磯，以及新加坡，是當時香港人移民的熱門之選。

1—9—9—7，這四個數字組合成一個詞，在倪匡眼裏，無疑是恐怖來臨的象徵。他從不諱言，離開香港，遠涉重洋，是「因為驚（怕）九七」。他說，他10多歲的時候，中共執政，1949年，上海「解放」，前後就一兩年，整個上海就變化了，香港也肯定如此，他受不了，唯有一個字：逃。在港居住35年之後，他遠走他鄉，舉家移民美國三藩市。這一年，1992年1月19日，被稱為「中國改革開放總設計師」的中共最高領導人鄧小平，乘火車南巡抵達第三站深圳，他站在深圳橋的橋頭眺望香港。在深圳對岸，倪匡正忙於辦移民手續，7個月後的8月28日，他終於啟程，告別香港。

初到三藩市，倪匡不想見任何人，息交止遊，謝絕應酬，過着很出世的生活，每天快活，優哉悠哉，安閒愜意，閒而著作。

此時，倪匡躺在按摩椅上，按摩椅嗞嗞在響。倪匡閉着眼，享受着，心清澈得像一泓溪水。

他這個家，上下竟然有六張按摩椅，每一層樓擺兩張，他和

夫人各一。倪匡辯稱這不是浪費，有時腰痠背痛發作時，根本連爬樓梯的力氣都沒有。

他住的這幢樓，在45街上一幢兩層建築物，用倪匡好友蔡瀾的話形容，「和六十年代出品的家庭電器烤麵包爐子一模一樣」。這幢樓是上世紀七十年代一位著名女舞蹈家設計的，三層五千多呎，只有一間房，反而有四個洗手間，用倪匡的話說，「古怪透頂」。倪匡一看就喜歡。從地面到屋頂10米高，地面兩層建築物，加地窖一層，六七百平方米的空間，三分之一是廚房。只有一個臥室，爬上狹小的樓梯，客廳、廚房連在一起，顯得寬敞。房子前後有兩個花園，後花園比前花園大，種滿各式花卉。

客廳上方是長方形天窗，一按鈕，天窗便電動打開，陽光直射，傳統的人不會習慣，有藝術家氣質的，才會特別喜愛。晚上關了燈，坐客廳仰望星空，星河燦爛，感覺自己只是茫茫宇宙裏一顆遨遊的星。在他們眼中，坐望夜空，是一天中的一大樂事。不過，倪匡卻說，「坐在這裏看天，真是名副其實的井底之蛙」。

倪匡卻喜歡白晝靜靜地觀天。天在高處。淡淡的悠遠的天
上，匯集着多少豐富的事物：彩雲、白雪、細雨、閃電、小
鳥、夕陽、殘月、晨星、雄鷹⋯⋯這些事物，待你抬頭眺望
時，卻又了無痕迹，彷彿它們的出現，只是為了給你昭示這
一片底版的淡泊和明澈。佛家有言，不空即空。每人頭頂都
有一方天，誰會抬頭認認真真望一望呢？昂首時，天便投影
在眼睛裏，靈魂便也在高處了。倪匡的心平實了恬靜了而後
美麗了；離得愈近的事物，醜陋便總是愈明顯的。

這幢房子還有一個特色，整幢房子是傾斜的，在一頭放一個
乒乓球，它會自動滾到另外一頭去。

倪匡從聲色煩囂的香港，來到三藩市空寂的一角，他逐漸
適應着。

紫陌紅塵，名利世界，大千茫茫，芸芸眾生，天超越了這一
切。天上沒有柵欄一樣的樹，沒有碉堡一樣的圍城，沒有門
環鏽漬的鐵門，沒有密密麻麻的仕途官道，沒有粉飾太多的
城市，沒有油彩過重的人流⋯⋯當然，也會有偶爾的躁動和

歡躍，也有些微的漣漪和濤聲，但更多的時候，天是淡淡的安恬的藍色，像街心花園裏披滿灰塵仍在潛心捧卷的雕塑女子。

天是一種清晰度映照和寬容的俯視，是一種極遠的心情和極深的心境。

倪匡家裏電話多，有十幾個分機，他人在上在下，在每個角落，電話鈴聲一響，他只需伸伸手就能聽電話啊。他家四個廁所，每個廁所裏貼着迷幻圖案的牆紙，廁所壁上掛滿「不要戰爭要做愛」的牌子，是前住戶留下的。房子的西洋味頗濃。房子前主人是嬉皮士。地下室原本是前房主和友人抽大麻、玩音樂的地方，倪匡將它改成書房。其實，所謂書房只是一個小空間，放了一張寫字枱而已，邊上的大空間用作看電視、聽音樂。地下室有一道門可直通街道，所謂地下室，其實就是一般人理解的一樓。花園是蓋在地下室書房的屋頂上，由樓梯走下去，便是倪匡的書房工作室。

倪匡說：「這個房子的設計實在古怪，這麼漂亮的金門橋遠

景，唯從男洗手間遠眺，看風景最美的地方不做客廳，反而當廁所，而且只有男主人能夠欣賞，倪太還看不到呢。」倪匡一直不能理解，這棟樓的設計者的用意。倪匡笑稱：「舉頭望大橋，低頭看『小鳥』」。

此時，寧靜，恬寂。倪匡躺在按摩椅上，閉着眼。有人敲門。他應聲起身：奇怪，哪來的客人？

開門，來者是個黑人。

倪匡不明所以，用手比劃着，告訴他，自己不會講英文。他來到美國，英語不僅沒進步，還退步了。來美國之前，他還懂什麼是Yes和No，現在他竟然連Yes和No都分不清了。倪匡從來不承認自己英文水準之差，來美國10年的一天，他對朋友說：「我來美國那麼多年，英文還能差嗎？」

那黑人指了指倪匡背後的房間，說：「你的屋子好大。」

倪匡不明白他說什麼，只是回應說：「謝謝你。」

黑人又說：「那麼大的屋子沒人會講英語嗎？」

倪匡説：「Yes。」

黑人説了一句：「請他出來。」

倪匡抬頭看了看他，用中文説：「不是跟你説沒有嗎？」

那黑人沒聽懂。倪匡忽然想起朋友教他的那個詞：「Tibetan（西藏人）」，凡遇到故意找麻煩的美國人，就對他説這詞，怕西藏人的美國人，一般就會立刻離開，便衝着那黑人嚷嚷「Tibetan」、「Tibetan」。那黑人一聽，果然匆匆離去了。

「哪能嘎靈光（怎麼這麼好）。」倪匡用上海話自言自語，他也不明白是什麼道理。後來不會英語的倪匡，大凡遇上不想搭理的美國人，便只説一詞「Tibetan」，那美國人大都便會匆匆遁去。

在三藩市的家居生活，用現在的流行語而言，倪匡是典型宅男。他自稱餓了就吃，累了就睡，一天睡足8小時，作息絲毫不受時間限制。有空就看看書、上上網，逍遙自在。

其實，很多時候，他過日子的感覺，就是寂寞。「秋鐘盡後殘陽暝，門掩松邊雨夜燈」，大約就是如此。他好友蔡瀾曾揭倪匡老底：他在美國隱居得很寂寞。有次倪匡住處附近下大雨沖塌了一個大洞，他就帶了剛好來訪的蔡瀾一起去看，邊上的美國警察嘀咕，「這個人（指倪匡）一天來看六七次，無聊」。

初到三藩市，每天早餐後，倪匡便隨倪太去離家不遠的唐人埠。倪太開車。倪匡坐轎車的後座，總是顯得很累贅地擠進去，下車時也需要艱難地掙扎一番，才能爬出車外。倪匡去只是買張當地的《星島日報》。這是倪匡的習慣。這裏的華文報紙，盡是剪剪貼貼香港媒體的消息。那時候，網絡還不如現今那麼普遍，那麼瘋狂。讀《星島日報》，倪匡從A疊頭版第一行大標題，到副刊最後一個字，隻字不漏，連廣告也讀，用香港人的話說，「連汁都撈埋」。倪太只是關注娛樂版，對新聞版只是瀏覽大標題，她只是想讀到兒子的任何消息，對香港藝壇的近況，倪匡夫婦都很靈通。

倪匡深居不出遠門，穿着也就不講究了。用倪太的話說：

「穿來穿去那幾件衣服。瘦了，他就用吊帶吊住那肥大的褲子；胖了，他竟然拿剪刀剪開褲背。」

倪匡說，住在三藩市，生活極方便，根本無須出門去購物，什麼都可以郵購。他說：「我的衣服全都是郵購回來的，在家舒舒服服地等郵差送貨上門。」有朋友揭他傷疤：「因為他家門鈴老不會響，他覺得太寂寞，所以要讓郵差來按按門鈴，有個人上門，這才有人氣才解寂寞。」

倪匡連大門都懶得踏出一步。女兒叫他到附近遊覽區走走，他怎麼也不肯：有什麼好看的，我這把年紀，什麼沒看過？家離金門大橋很近，他連橋邊也沒去過。他自稱是「三藝老人」：「廚藝」第一；「園藝」第二；「文藝」第三。有朋友從香港給他電話，問倪匡：最近好嗎？倪匡還是那句重複了一百遍的老話：「醉生夢死。」朋友一愣，沒反應過來。倪匡說：「做人最好就是醉生夢死。醉生，每天喝醉；夢死，在做夢的時候死去。這太幸福了。」有朋友問他，最近在忙些什麼？倪匡說，在三藩市的家，種花、養魚、看書、聽音樂、煮飯、買菜、倒垃圾、掃地、發呆……好忙

呀！忙的上洗手間都是小跑步的。有朋友問他，喜歡美國的生活嗎？倪匡説自己非常享受，很容易適應了這樣的環境，他説：「我年輕時經歷過艱苦日子，知道一個人可以艱苦到什麼程度，有時看見水龍頭有水流出來，已經很開心了，讓我想起從前在大陸有那麼些日子，連喝一口乾淨的水都是很奢侈的事，因此好容易滿足。」有朋友説，像倪匡那般最好，什麼話都説，什麼事都可以放下。倪匡接着説：我四大皆空，還有什麼東西可放？「我已決心『淡出』，自此天涯海角，閒雲野鶴；醉裏乾坤，壺中日月；竹裏坐享，花間補讀；世事無我，紛擾由他；新舊相知，若居然偶有念及，可當做早登極樂」。

這幢房子裏，倪匡究竟養了多少缸金魚？容量150加侖的，有5缸，150加侖比棺材還大；100加侖的有6缸；還有若干75加侖的、50加侖的、30加侖的。倪匡愛養寵物，不過有毛髮的除外。他最喜歡飼養的，就是魚和龜。不少人以為諸如魚和龜等不發聲動物，不會像貓狗般，與主人有交流，那就大錯特錯了。倪匡養的魚，會跟着他的手指頭移動而翻筋斗。

當中，以鯉魚最為聰明，養了不足一星期，牠便「認得」主人，離遠走過去時，牠們便已看得出倪匡的身影，隨即擺擺尾巴迎面游過來。

倪匡每天會站在魚缸前看金魚，大大小小那麼多缸魚，他需要耗多少時間。他看魚，魚也在看他。他好奇：究竟金魚看人的世界是怎樣的呢？金魚，對他是一種誘惑。

感受生活，就是接受誘惑。生活對倪匡的誘惑很多。面對誘惑就是面對生命的塑造。人的生活情趣、快樂滋味，常常就在於那些看起來並不實用的事務上。人生快樂，從來不取決於什麼境地，面對怎樣的現實。快樂只是這樣一種東西，你希望擁有它時，它與你不離左右；你淡泊它時，它便逃遁得無影無蹤。你快不快樂，全取決於你有沒有一種美麗心情，生活也是因為你有一雙快樂眼睛，才變得可愛的。

倪匡獨處，擁有他快樂的小世界。他還喜歡養烏龜。養龜的好處是不用太花時間打理牠的生活。倪匡養過巴西龜，最初只是油碟般大小的體型，養到比湯碗還要大，平日所需只不

過是一個大水缸和不時餵食。養久了，牠會隨着倪匡身影
散步，還經常生蛋。龜的生命力實在驚人。倪匡不記得是什
麼原因，有一次將那隻巴西龜遺留在某處，牠頃刻間突然從
地球中消失了一般，倪匡就是找不到牠。直至一年多後，
倪匡偶然間發現牠「回來」了，小龜仍然生存。牠奇蹟
生還，令倪匡慚愧內疚，就好好補償牠，即時去超市買牠喜
歡吃的食物。

在家中地下室書房，有一台4米的投射電視機，是倪匡花
3000美元買來的，佔了書房半堵牆。香港家人常常寄中文
字幕的影視劇錄影帶和DVD給他。壁櫃裏盡是色情錄影帶和
DVD，有五千多片。倪匡曾寫過一副對聯：遊春宮三千管窺
大千世界，現色相十萬圓滿億萬眾生。上聯的「三千」只是
指當年的光碟數目，可見後來累積到五千片絕非誇張。他郵
購的五千張，近五分之四從來沒有拆封過，外包裝的透明玻
璃紙原封不動而沒撕開，只是少量的已經打開。倪匡在美國
要多花些錢也不容易，沒地方可花，他吃喝沒在香港那樣講
究了。

美國三藩市居所正門。

2

讓所有朋友意外的是，「電器白癡」倪匡竟然能步入電腦時代。這位電器低能兒，連傳真機都不知道如何操作，世上從來沒見過如此不懂科技的科幻小說家。倪匡學會上網，竟然是倪太教會的。他稱倪太「電腦怪妻」。他吃完睡，睡完飲，飲完醉，醉完吃，不出兩個月便胖得像只大烏龜。「吃了再說」，這是倪匡名言。他始終想不明白，為什麼好吃的東西，通常對身體都沒什麼有益。

倪匡原本是「電器白癡」，是個電器低能兒，連傳真機都不知道如何操作，從來沒見過如此不懂科技的科幻小說家。

他連收音機都不懂如何搜尋節目。他平日要聽5個台，就買5架收音機，讓兒子倪震為他搜尋妥，固定好，他要聽了，只需擰開收音機就行，一台收音機專門收聽香港電台，一台收音機專門收聽商業一台，一台收音機專門收聽商業二台⋯⋯

好在收音機不貴。

讓所有人意外的是，倪匡竟然能進入電腦時代。有個華人電腦專家是倪匡書迷，倪匡的書，他幾乎全讀過。倪匡請教他電腦問題，他二話不說，把全套軟件全安裝了，說是舊貨，不收錢，輸入法是中文聲控系統。

聲控？倪匡還不太明白，說了一句：「過癮之至。」果然電腦螢屏出現四個字，倪匡樂了。最初，他幾個月打17000字，不到一年，倪匡僅憑口說，才寫了兩本書，這相對於在香港時的寫作數量不到十分一，後來，他可以一兩個月就能「說」一本書。他說，自己在美國已沒必要寫那麼多。他覺得聲控輸入法太神奇了，覺得好玩。於是拒絕學其他輸入法。倪匡平日說話，習慣用四字詞，電腦有個適應過程。這是第一代系統，還不是太先進，發聲「什麼東西」四個字，屏幕上出現的卻是「高級幹部」。電腦認得四字詞不多。倪匡需要每天不間斷加進去，用倪匡的話說：「我每天加進去，加到電腦爆倉，它被我弄得神經衰弱啦。」倪匡用的電腦，都聽慣他那種不純正的國語，若旁人用標準國語說，這台電腦

就亂了陣腳。倪匡過去寫作，用手寫，作品中的人名，愈簡單愈好，比如王一中、丁一山之類，現在聲控輸入，他就用筆劃最多的字作人名，比如閻鑾鑾之類，反正用口講，愈難寫愈好。

如今，沒有聲控電腦，倪匡就不會再寫作了。倪匡說，以前寫了那麼多年的稿，寫得手指都痛了，頭也暈了，一動手，就扯着那兩條腦筋，不能再這樣寫了。現在半躺着也可以寫稿，只需動動嘴講講。有些字念不出來，倪匡就靠手寫板輸入法，奇怪的是用手寫板，頭就不痛，現在的手寫板準確得不得了，寫一個簡體字，馬上出現繁體字，用了聲控軟件才知道有許多字不會念，像那個懺悔的懺字，到底念讖？還是念慘？還是念參？就只好用手寫的了。不過寫完，倪匡才發現自己笨，用那麼多的筆劃，早知道乾脆用簡體字，寫個心字旁，加一個千字，也跑出來。

倪匡學會了上網。他的電腦知識，竟然還是倪太教的。一次，她從香港回來，從行李中掏出一個手提電腦，按了幾下，什麼東西都顯示了。倪匡嚇了一跳，呆呆地望着

倪太，大叫「電腦怪妻」哦。

學會上網的倪匡說：「實在過癮，在網絡海洋時浮時沉。」
在三藩市，每天下午2點半，他就能從網上看香港《蘋果
日報》，香港時間才早上6點半，倪匡頗為得意，他看的新
聞，比香港人還快，香港人很少6點半起牀。倪匡在美國每
天早上可以看香港下午6點的電視新聞。現在乾脆每小時在
電腦中聽香港電台。起初倪匡還以為是透過長途電話聽新
聞，費用會很大，後來知道上網才30美元一個月。

倪匡說：「我的寫作能力不及我的閱讀能力的十分之一。」
「我看書像一個掃描機，跳着看，只看情節。」

倪匡喜歡留意周遭事物，一花一草也不放過。客廳擺滿他種
的花，許多花，他都叫不出名字。他最為得意的是，他有一
天竟然看到花真正開的那一剎那。他說：「種了那麼多花，
看花苞慢慢長大。正當它要開時，我一轉頭，噗的一聲，花
就開了，真把我氣死了。」他始終心不甘。有一天，他發現
有一盆花就快開了，於是決定盯住這朵花，要盯到它開花

那一瞬間。那天，他對着花坐下，一看看了四小時。倪匡靜心看着，最後還差兩片花瓣，它們相連着尚未打開，倪匡心想：它們開得真辛苦，想輕輕替它們撥一下，幫幫它們，但轉眼一想，自然界有它自身規律，人類何必去強制改變呢？萬物靜觀皆自得。那朵花終於鬥不過他，於是投降，乖乖地開給他看。植物生命力的深奧意義，由人獲取的那種感覺，真是十分奇妙。

272　剛到三藩市，他還刁鑽地研習廚藝，幾年過去，他已經返璞歸真，用最簡單方法，炮製又便宜又高級的食材。野味小野雞只賣2美元一隻，他把小野雞洗乾淨，再放入滾着的湯裏白灼，而後用剪刀把雞剪開，抓一隻小雞腿細嚼，肉嫩鮮美，伴着美酒。

餐桌邊上有三個木架子，每架三層，每層八瓶，一共72瓶西洋調味，倪匡都嘗過，覺得味道古怪，遠不如香港的花椒八角。他這個家有四個冰箱，兩個在廚房，一個在書桌旁邊，一個在樓下地下室。倪匡不過癮，還想去買一個棺材那麼大的冰箱，他含含糊糊跟倪太說，有點小心翼翼，他在倪太面

前總是裝得很猥瑣。

倪太沒聽明白：「要買什麼？」

他壯了膽，拉長聲音：「要買冰箱。」

倪太一時沒有明白，默默望着他。

他又補充說：「買特大的冰箱，棺材那麼大。這多過癮。」

倪太不肯出錢。倪匡的版稅收入靠倪太掌控。

倪匡與倪太有約法三章，他的所有收入分一半給倪太。倪匡
的一半花完了，到了美國全部要靠倪太的那一半。在買三
藩市這間大屋時，倪匡與倪太一人一半，他那一半不夠，便
要向倪太借，因此欠了一大筆債，稿費再高，仍還不清，所
以錢一匯到，幾乎全到了倪太手裏，倪匡只能向倪太領零用
錢。一向不用信用卡的倪匡，在美國用了信用卡。卡裏沒
有錢卻可以刷卡消費，倪匡一樂，說：還真不錯，像有兩個
老婆。

事後，倪匡在友人面前「投訴」，抱怨倪太不願買冰箱。倪太說，家裏冰箱已有四個，他這衰仔還想買棺材那麼大的冰箱。倪太愛稱倪匡衰仔，而不叫衰佬。倪太說：「棺材那麼大，誰知道哪一天他發起神經來自己躺進去呢。」

倪太反對，此事便不了了之。

每天早餐後，倪太開車，倪匡隨之到附近的唐人埠去。他一度自用三輪老人車。一次去商場，倪匡原本是想買強力吸塵器，看到這三輪老人用車，一樂，吸塵器可有可無，天天要坐車去買報紙，能有這老人車，太實用了。他討價還價2500美元買下。倪匡駕這車，始終隨身帶着拐杖，那老人身分演飾得像模像樣。他說：「駕着車上街，威呵！美國人見老人車都紛紛主動讓路，不知對我有多好。」

有一次，倪匡駕着車在拐彎處翻倒，一群童子軍剛好走過，便七手八腳把車和人扶起，還要送他去醫院檢查。倪匡謝絕，他起身走路，裝扮成一跛一跛的。「不然，多難為情。」他說。

矮小的倪匡，坐這類三輪車，一跳就跳了上去，手把一按，車就行走，一放，車就停。手把前有一按鈕，看圖認字，手把上畫着一隻烏龜、一隻兔子，轉到烏龜處，車就走得慢；轉到兔子處，車就走得快。別小看這三輪車，比走路快多了，座位又是軟軟的皮沙發，優哉悠哉。

三藩市有海產市場，這正合倪匡心意。三藩市的漁人碼頭，有諸多商場、購物中心、飯店相聚錯落，唐人街、倫巴底街和北灘等熱門景區都在這一帶。這裏沿海盛產鮮美的螃蟹、蝦、鮑魚、槍烏賊、海膽、鮭魚等海產，海鮮的新鮮和肥嫩程度，在倪匡眼中實在是難以言表。

倪匡最喜歡的食物，就是魚、蝦、蟹、貝⋯⋯凡是海鮮，他都喜歡，覺得這裏的蝦蟹不錯，魚卻一般，一條魚蒸9分鐘，魚肉就太老；蒸8分鐘，還是不嫩；蒸7分半鐘，卻又是半生不熟的。但由於交通不便，他在三藩市14年，好魚吃得不多，他吃的多是河魚。河魚多刺，他小時候吃河魚老是鯁着喉嚨，卻還是愛吃，吃不怕。

在三藩市，只要他跑去肉店買豬蹄膀，大家就知道那是倪太回了香港，倪匡趁機大開「肉」界。倪匡實在愛吃肉。他覺得，凡是有脂肪的東西都是最香的，紅燒豬腩，味道好，用羊油做菜，更過癮。平時倪太不讓他吃的五花蹄膀，倪匡一買十隻八隻，回家滷成一大鍋，藏在冰箱慢慢享受。吃完了，倪太也從香港回來了，自以為神不知鬼不覺，哪知倪太去市場轉一圈，商家紛紛給倪太打小報告。

倪匡飲食有他的信條：有魚不吃肉，有肉不吃菜。倪匡也真不明白：「為什麼好吃的東西，通常對身體都沒什麼有益的。瀟灑和快樂人生，什麼都吃；長壽和健康人生，什麼都不吃，做人可以選擇。」那天他喝了一罐普通可樂，才發現味道竟然那麼好，那健怡可樂的味道實在是差。都說健怡可樂是減肥可樂，看看他這肥的，來到美國喝了8年減肥的健怡可樂，對減肥一點幫助都沒有，算了，不再喝健怡可樂，不減肥了。

有那麼幾年，他買了一張巴士月票，天天乘一小時巴士，去菜市場，去唐人街買活魚。在美國，倪匡每天買菜做飯，其

樂無窮。日本鮎魚又肥又大，甘美無比，兩條6美元。美國農場雞，黃油油外表，肥壯壯雞皮，噴香解饞。倪匡書桌邊上擺滿電煲、微波爐、焗爐，更堆滿食物。最顯眼的是一買數十打的巧克力，倪匡說，飲酒少了，身體需要糖分，因此不停地吃。

常令香港人自豪的是天天煲廣東湯，離開香港一段日子，就會留戀那種湯。倪匡移居三藩市，從來沒有遺憾自己喝不上什麼什麼湯，他最不欣賞的就是廣東湯。他說：「那種什麼豬肺大地湯，黑漆漆地，上面還漂着白顏色的腐肉，怎麼嚥得下口？還有那種八爪魚豬骨蓮藕湯，煲出來是紫色，太曖昧，要了命。」

他去屋外散步，剛來三藩市時可走三個街口，後來最遠只能走兩個街口，最後走一個街口已經氣喘如牛，要休息一下才走得動。用他的話說：「人家說身體是一年比一年差，我是一個月比一個月差，一天比一天差。」

他吃完睡，睡完飲，飲完醉，醉完吃，不出兩個月便胖得像

只大烏龜。用他的話說，「體重很頑固，堅持陸續上升勢頭」。倪匡說：「減肥？減來給誰看？」倪匡名言：「吃了再說。」好像今天一過，就沒有了明天。他體重175磅。倪匡說：「又胖了，整天想吃甜的東西，比以前又加重幾公斤。老了，要胖就讓它胖吧。有得吃就要拚命吃，看我那副食相，吃得撐飽肚子為止，這是我在大陸的勞改營時那些人教我的。吃進肚子裏，什麼馬克思主義都拿不走它。別看我肥胖，美國肥婆更多，300磅的通街都是，南部鬧龍捲風時，電視拍到直升機救人，那些肥婆，門都塞不進去。哈哈哈哈。」

他自稱腰圍38吋，比香港小姐胸圍至少大兩吋。在美國，38吋腰圍的褲子不難買到，但洋人的尺寸，腰圍38吋，褲腳管卻很長，走遍百貨公司，找不到一條38吋腰圍，褲腿只有27吋長的褲子。個子矮小的他要穿的褲子，都是橫着的長方形，褲長30多吋，腰圍40多吋。舊褲子也無法改，買新的又不容易。於是他不再穿有腰圍尺寸的褲子了，全部買最大的，用一根皮帶圍着腰綁着。

他説：「我現在胖得實在不像話，走幾步路就氣喘如牛。倪太在家的時候，逼着我每天散步一小時，痛苦之極。如果她不在，我獨自在，一坐幾小時，絕對不走動。有朋友叫我回香港，我連金門橋也不想去看，回什麼香港。」他不喜歡旅遊。有一次，美國移民官看了他護照，問他，你住了7年，怎麼沒見你出過國，是不是不愛旅行？倪匡説，我愛旅行，但我更愛美國，不捨得離開啊。移民官聽了，當即批准。倪匡顯得得意：「中國人的迷魂湯厲害啊，美國人根本就抗拒不了。」

倪匡年輕時愛公幹，遊遍中國。老了就不愛旅行，對什麼地方都沒興趣。他覺得美國很悶，香港死氣沉沉，唯有去澳門還可以「考慮考慮」。一到澳門碼頭，就感受到一陣興奮。一次在澳門碼頭，一個40多歲的美女看到倪匡，一陣激動，走近倪匡與他打招呼。倪匡並不認識她，一時沒有反應過來。那女子興奮得拍拍倪匡的臉。倪匡摸了摸自己的臉，哈哈一笑，説：「我70歲啦，她還當我7歲。澳門人真是好玩。」他認為，澳門前途無量，酒色財氣，什麼都有，天下

哪裏有那麼好的地方？這簡直是小說中的快活林。

倪匡不願意旅行，最主要是怕排隊，外出旅行幾乎不能與排隊分開，等行李，等過關，等上飛機。有朋友說他怕坐飛機，患恐高症。他一再否認，說坐飛機多麼舒服自在，能呼呼大睡，上了飛機就睡覺，醒來，目的地就到了，即使睡不著，也能喝喝紅酒催眠。不過，倪匡話鋒一轉：「我那麼多病痛，萬一在飛機上發生什麼事，就倒楣了，還是不去為好。真佩服查（查良鏞）先生，80歲還到處旅行，更佩服楊振寧，80多歲還娶老婆。卓別林70多歲生孩子，這也不奇怪，100歲也能生，問題是，是不是他本人生的？」

外出旅行，還不如在家坐客廳看電視的旅遊節目，這是倪匡一貫的想法。想欣賞九寨溝的「人間仙境」、「五彩池水」，就看看九寨溝的紀錄片吧。倪匡喜歡水，看風景最愛看湖，看海。在美國，總是聽家人說，加州附近的湖區風光明媚。一次，女兒倪穗硬是拖着拽着很少外出的父母，驅車五、六小時到了湖區。倪匡下車，大失所望，心想，中國的湖，才是湖光山色，眼前這片湖，只能說是「一灘水」。女兒見父

親失望，囁囁道：「『湖』不就是一灘水嘛，你還想要什麼別的呢？」倪匡卻一本正經說：「不是呀，中國的湖有很多不同的景色，有水，有山，有樹，有倒影……你看這個湖，是比中國的西湖、太湖要大要深，湖面像大海般，卻連一根水草都沒有。」

倪匡不想旅行，不願旅行。他說：「到了我們這樣的年紀，想做什麼就做什麼，這才過癮。到時候像電視機一樣，啪的一聲突然關掉，想什麼都沒用，還有多少年可以活嘛。」有個香港來美國的醫生對倪匡說，戒什麼口，哪有那麼多時間去戒口？有病就吃幾粒藥就是了。人生短短幾十年，做你喜歡做的。做人，做不喜歡做的，很容易；要做自己喜歡的，真難。倪匡聽得一愣一愣，連連點頭。

倪匡在美國患了痛風，說不能吃鹹魚，連貝殼類都要戒口，多吃魚不行，連豆腐也不可以吃，真他媽的，什麼都不能吃，連吃的配額也用完了，什麼配額都沒有了。沒有吃的配額，沒有酒的配額，沒有性的配額來調劑，乾乾枯枯的思想配額有什麼用。

在香港倪匡上餐廳，點的魚最講究，餐廳的伙計服務生大多認識倪匡，廚師蒸魚也特別講究，不敢把魚蒸壞。一次在一家餐廳，他看到一尾七日鮮，便要求蒸吃，餐廳伙計並沒認出他就是倪匡。魚上桌了，倪匡筷子一撥，魚蒸得過熟，一看魚眼，分明是換了一條死魚。倪匡把餐廳部長叫來，聽倪匡投訴，捧了那盆魚回廚房，不一會部長出來道歉，道歉的理由很滑稽，說「對不起，對不起，他們把你當日本遊客啦。」倪匡說：「日本人也真倒霉，一直像水魚那樣被人劏。」

倪匡69歲那年，常常光顧醫生。有一段日子，他渾身不妥，像前列腺炎。他自稱，在美國什麼都有，只是健康缺奉。他檢查了這裏，又檢查那裏，永遠檢查不完，他對醫生說，乾脆死了算了，檢查個鳥？死，他不怕。醫生說，不會一下子死，不檢查會來個半死。半死，倪匡是很怕的，所以只有繼續檢查。

在倪匡眼裏，醫生一檢查就有病，不檢查就沒病。驗血一抽一大筒，抽後看醫學報告，什麼什麼高出多少，膽固醇

有問題；什麼什麼高出多少，前列腺有問題。醫生看到都是數字，看完叫你去找什麼什麼專家。他吃的藥，可謂「堆積如山」。他每次吃藥，都要想一想是吃什麼的，才不會出差錯。

一天，他檢查痔瘡。檢查時，好痛。醫生是用手指還是用儀器搲，他都不敢看，閉着眼睛，什麼都不知道。檢查後，他說，小便也有點困難。醫生說，這裏查的只是屁眼，小便困難要去泌尿科檢查。幾天後，到了泌尿科，又要檢查肛門。人活一生，幾天裏，被人挖了兩次屁眼，還是第一次這樣受罪。倪匡這麼一想，又哈哈大笑，醫生見狀，一臉莫名其妙，以為倪匡還有那種癮，挖屁眼的雞姦癮。有人說，前列腺手術很簡單，但倪匡絕對不會去開刀，人生七十古來稀，還來這玩意幹什麼。

2005年，倪匡70歲。他由女兒陪伴去看醫生，那醫生看到倪匡體型肥胖，又聽倪匡說容易疲倦，就說：「你什麼也不要再吃啦，只可吃『白水煮白飯』。」

説的是英語。倪匡沒明白，一臉糊塗。

醫生叫他不要再吃東西了，肚子餓了就喝水。再這樣吃東西，會有糖尿病的。那洋人醫生説：「我保證你，After twenty years，一定有糖尿病、心臟病⋯⋯」

女兒在旁替父親翻譯，一直哈哈笑着。20年後？有糖尿病，有心臟病又如何？倪匡説：「醫生，你忘了我今年多少歲嗎？」

醫生沒搭理他，反問，家裏還有誰一起生活？

倪匡説，還有老婆。

醫生聽了倪匡女兒的翻譯後，説，讓你老婆在家多給你喝白水，多吃白飯。好在老婆不在家。此際，她正在上海。倪匡種種花，燒燒菜，表面看，他日子過得愜意，只是倪太頗感無聊。她在香港姐妹多，親友成群，家中熱鬧，不甘寂寞的她，每年嚷嚷着要回兩三次香港。倪匡，過冬一個人，聖誕節也是一個人，新曆新年也是一個人，農曆新年也是一個

人，元宵節也是一個人。他也喜歡一個人過。來了美國10多年，她至少回香港50次，每次飛機票3000多美金，加起來也要100多萬港幣，好在都是倪震出的錢。

一天，倪匡又說要回香港看兒子。倪匡說：「那我呢？」倪太說：「你一個人留在家裏呀。」倪匡說：「好，但我要領取寂寞費。」倪太一愣：「什麼寂寞費？」倪匡做了個極為寂寞的表情。倪太看得愛之入骨，便加多幾張百元美金作他家用。倪匡大樂。

孤獨像空氣似的滲透到倪匡生活的每一個角落。倪匡一個人獨處，對着四幅牆，連找一個說話的對象都沒有，時間再長些，他或許會失去說話的能力，這是他自己說的。那種感覺就好像自己被遺棄在渺無人煙的孤島，心裏的話只能對自己說。其實，說到底，每一顆心靈都是孤獨的，它沒有恆久的伙伴，儘管它有時會幸運地感應到另一顆心靈的跳動，但那只是短暫的，在更多時候，它獨自跳動，也獨自吞嚥苦樂年華的百般滋味。不過，獨處生活，倪匡把日子一樣過得很愉快，很舒服。他透過生命中的每一個孤獨時分，充分地展開特有的想像，而想像的世界卻是無限大的。

身在美國，倪太寂寞，倪匡也寂寞。其實，男人與女人的寂寞是有區別的。男人的寂寞是沉甸甸的、膨脹的、有孤獨中的絕望，絕望中的堅持，堅持中的無奈，而女人的寂寞則是細細的，碎碎的，輕輕颺颺，一地飛花，滲人心懷。無論男女，只要有一個真正靈魂，就會寂寞，並會珍重那些寂寞時刻和寂寞情懷，寂寞雖然無聲，卻實在令人心旌搖曳。

美國三藩市居所的地下樓層，不是書便是魚。養魚大約養了十年。

在美國時養了很多七彩神仙魚，由牠們「手指甲大小」養到很大條。

倪匡傳：哈哈哈哈

3

移民外國的港人回潮。倪匡一家再次
「連根拔起」返港,當初以為,移民是一個
不會回頭的決定,但隨着時日轉換,依然「怕共
產黨」的倪匡笑着解釋:「晚節不保」。要賣出
三藩市那間大屋,欲購買者現場實地勘察,幾個月
內,倪匡的家便成為千人參觀的宅地,他成了
「展品」。人們慕名來訪,這裏住着一位
華人文化名人,來訪者太多,倪匡家的
地氈被踩爛了。

移民西方,卻無法根紮「移民天堂」。今日香港依然是安居樂業之地,選擇回香港,才有自己想要的生活。這是不少港人早年移居他國後,又返回香港的理由。1996年起,亦即香港回歸的前一年開始,香港開始出現移民回流潮。

一部分在早年移民到外國的香港人,在當地生活環境並不理想,或因發展不濟,或遭種族歧視,加上對香港的前景態度

有變，故此，開始吸引大量已經歸化，且擁有外國護照的香港移民回流香港定居。踏進2000年，不少海外港人的第二代，即於外國土生土長的子女，在當地大學畢業後，紛紛選擇移民香港發展事業，這裏機會較多，生活多彩。香港回歸初期，中國大陸廣東省特別是深圳成了香港人移居熱門地，也促成移民外國的港人回潮。據統計，於1980年代移民離開香港的香港人中，有三成人回流香港。

根據澳洲統計局人口普查結果顯示，於1994年至1995年年間，共有33,905名香港人移民澳洲，期間，回流香港的華僑澳洲公民則有34,248名，回流人數較移民人數略多，出現負增長。此外，1990年至今，每年約有3,000名於香港出生的香港華裔澳洲公民，選擇永久性離開澳洲而回流香港；此項數據為非土生澳洲公民移民排名第4位。此外，每年約有3,000名於澳洲土生的香港華裔澳洲公民，選擇永久性離開澳洲而回流香港，此項數據為澳洲出生公民移民排名第5位。根據加拿大的相關統計部門研究報告，於1996年至2006年年間，香港華裔的持有加拿大國籍公民回流人數約44,710人，為該

項數據排名第一位。

春有百花，秋有月；夏有涼風，冬有雪。14年過去了。當初以為，移民是一個不會回頭的決定，但隨着時日轉換，倪匡重新給自己的生命一個解釋，他的想法漸漸有了變化。

倪太，人在異國，心仍在香港。遠離了香港的家人和朋友，沒有了香港的煩囂和氣息，倪太的生活變得無精打采，渾身不是勁，身體日漸消瘦。14年來，她三藩市與香港兩地穿梭，每年約有一半時間逗留香港，獨留倪匡在他鄉。

倪匡70歲以後，倪太感到丈夫也確實老了，難以獨自生活，於是長留三藩市陪伴倪匡。

2005年底，倪匡回香港小住了兩個月。這段期間，香港媒體一度掀起一股前所未有的「倪匡熱」。在三藩市寂寞了10多年，回香港，社會對他的熱情令他始料未及。倪匡很快就發現，自己只要一出門，狗仔隊一定如影隨形，怎麼甩也甩不掉。

倪匡要去見老朋友，原本想叫出租車。一出門，見到狗仔隊跟蹤。他靈機一動，想到「化敵為友」的一招。他突地一轉身，大步走到採訪車旁，要求狗仔隊記者用車帶他一程，「讓我上車吧，這樣大家都省事。反正同路嘛」。他真會玩，還選了一輛較大的九人車。接下來的日子，倪匡有了全天候的專車，記者們則挖掘到第一手資料，果然雙方皆大歡喜。

名人在香港，就要面對狗仔隊文化。

倪匡對狗仔隊跟蹤，常常採取出人意料的手段，有時令狗仔隊措手不及。倪匡身上從頭到腳，患了30多種病。一次，他從藥房買了藥出來，大包小包，狗仔隊尾隨追上，問他：「這次買那麼多藥，是些什麼藥啊？」倪匡心想，我買藥管你們什麼事，於是坦然回答：「避孕藥。」狗仔隊記者聽了，初始一愣，繼而搖頭爆笑。又一次，倪匡夫婦外出，遭遇狗仔隊追拍。倪匡笑呵呵招呼那幾個記者，與他們無話不談。他透露自己陽痿，又有前列腺腫大。倪太在一旁，實在看不過眼了，沒好氣地甩出一句：他晚節不保，以前

親戚朋友才知道的事，現在全世界都知道了。

返港小住的那段時日，令他最感意外的，倒不是媒體的反應，而是老中青三、四代讀者的熱情。走在馬路上，站在電梯中，坐在餐廳裏，經常遇到形形色色的陌生人讀者跟他打招呼，歡迎他回故土看看，希望他能留在香港，別再回三藩市了。

一次在香港壹傳媒主席、好友黎智英宴請的酒席上，那鱔皇頭湯，材料簡單，只用天麻、川芎、白芷、陳皮和一塊薑，加上瘦肉，燉了7小時，香濃無比，倪匡不愛喝廣東湯，卻對這湯大聲讚好。黎智英説：「你在三藩市，等於活在地獄邊緣，還是回來香港吧。」

倪匡説：「什麼活在地獄邊緣？簡直活在地獄裏。別的不説，就説醫療保險，一年比一年貴。」每月1萬多港幣，保600萬美元。倪匡説：「就算手術完全用掉600萬，自己也要補上30%，而且，買起藥來，即使有醫療保險，也比香港貴，不如跑去金門公園上吊，一條繩子，才七毛。」

倪匡説：「在三藩市街市（菜場），賣的都是死魚。回到香港最傷心的是什麼，你們知道嗎？」

眾人你看我，我看你。他們知道倪匡總有一種怪思維，別人往往無從猜度。

「走在街上，看到餐廳裏玻璃水箱，我一定停下來，看完總是那樣嘆氣。離開香港13年，沒吃過一尾好魚。」

黎智英笑説：「你自我放逐13年了，什麼債都還清了，回來吧。」

倪匡卻一板正經，説：「是啊，我應該盡快移居回香港。」

大家在吃河豚，倪匡卻不吃。有人問他理由，他説：「我已經70歲，要盡快回香港，才開始享受人生，不想那麼快被魚毒死。」眾人笑得噴飯。

倪匡接着説：「我們這種已經死過又活過來的人，沒什麼好怕的。説到雞瘟，從前生病雞鴨和豬隻，在大陸都照煮了吃，煮熟了，沒事的。天不怕，地不怕，是香港人的精神。

香港是隻不死鳥，像鳳凰一樣，火燒過後又復活，永遠那麼燦爛。日本經濟泡沫一破，衰退10幾年還沒恢復過來，香港已遭受多少次股災？房地產當今還那麼高，今天報紙才說，銅鑼灣店舖的租金，在全世界排第二。災難過來，又重新再來，這是香港呀。」

2005年年底，倪匡離開香港返回美國前夕，對所有親友承諾，回美國後，第一時間就賣掉房子，盡快遷回香港。

有人問倪匡：「你怕不怕共產黨？」

倪匡說：「當然怕。」

問：「既然怕共產黨，你為什麼還要回香港？你當初離開時不是說，死也不回香港的嗎？」

倪匡答：「我晚節不保嘛。我光明正大，回就回，不怕人家知道。這種事，上海人叫回湯豆腐乾。」

要賣了這大屋，欲買者就會現場實地勘察。在幾個月內，倪匡的家便成為人們參觀的宅地，他成了「展品」。事後，

倪匡回憶道，約有千把人來看過。許多人慕名來訪，這裏住着一位文化名人，地產經紀才明白，這個整天樂呵呵的華人老頭，原來在華人圈赫赫有名。來訪者太多，倪匡家的地氈被踩爛了，桌上不少小擺設，也被來人順手牽羊。最終是美國人買了倪匡這間大宅。

最初以為賣房需一年半載，託了一位經紀，開了個價。很多人來看，又請兩家結構公司，作檢查報告。報告說房子問題多得不得了。那年地陷一個大洞，看來都有關，整個房子是傾斜的。

房子一直賣不出去，倪匡開始有點急。查太（查良鏞夫人）一位興學家朋友，教倪匡放一株麒麟骨的樹。在三藩市哪裏去找？好在倪匡一直「拈花惹草」，在一家相熟的花舖有售，旋即辦妥。事情也真神，有了這樹，房子很快成功出售。買家是洋人，開法國餐館的，有個3歲女兒。她一看房子，喜歡極了，吵着父親買下。那個餐館老板，擔心別人出價高而買走，多給倪匡8萬美元。倪匡照實說房子的問題，那洋人認為沒關係，願

意多花100萬去裝修。倪匡說：「鄰居都說，我們賤賣了，我才不想那麼多，如果沒人要的話，再便宜也得賣啊，反正買來的時候，只是一半價錢。我都有點不相信，直到他把錢匯進我的銀行戶口，我才沒懷疑。在美國，就算我會英語，找份工也賺不到10萬年薪呀。」

本來，當年要盡快賣掉房子也不容易。也許是因為豪宅造型特殊，吸引了不少品味不凡的買家，很快就以高價成交。這椿買賣，可說是標準的「一個願打，一個願挨」。

倪匡心裏總是不踏實，有點心虛。這房子能賣如此高價？雖說成交之際，買主早就對屋況了然於胸。離開美國前，他特別交代同住在三藩市的女兒，今後買主若問及行蹤，千萬別說回香港，就說父母正環遊世界，或許在埃及，或許在南美⋯⋯

賣房子雖然意外的十分順利，但處理屋內細軟，可就沒那麼簡單了。由於買主要求，整棟房子必須清空才能交屋，所以最後一個多月，「不知道是怎麼撐過來的」，「搬家，真是

兵荒馬亂，外人實難想像其心力交瘁之程度」。倪匡天生有蒐集癖，因此整棟豪宅中，堆滿了各式各樣的收藏品，從書籍到光碟，從罐頭到礦泉水，從魚缸到高級柴薪，幾乎應有盡有，而且數量多得驚人。要離開美國了，心一橫，能送的盡量送，能丟的拚命丟，甚至把收藏超過30年的「舊版金庸」，都狠下心送給朋友了。倪匡最不捨的，是過去這10多年，陸續郵購的5000多張成人光碟。消息傳出去後，很快來了四、五個美國男人，每人一大袋，高高興興捧回家。

扔掉的東西，花了上萬美元，請人來搬走，扔掉的東西的價值還不計在內。倪匡說：「住了10多年，堆積如山，扔了也不可惜。」他們只帶來4件行李回香港，其他還需要用到的，請了一家猶太人開的搬運公司送到香港，他說：「我才不願動手，這幾天翻查一下，已經腰痠背疼。」

書全扔了，金庸的作品送了給人。他說：「反正回香港可以向查先生要新的。新的是大字版，眼老花了，也容易看些。」

經過近兩個月的「兵荒馬亂」，倪匡夫婦終於克服一切艱難

險阻，如願回到香港定居。正確的日期，有倪匡的電郵為證：「如無意外，3月29日抵港。如有意外，去見革命先烈哉，哈哈！」

這一天，倪匡一家再次「連根拔起」，變賣三藩市的大屋返回香港。

美國三藩市居所客廳，那時候在家裏種滿各種植物，弄得像溫室。

美國家後面看金門橋。

4

葉落歸根。14年後，倪匡回流香港。他
暫住公寓，朋友說，客廳像按摩院，書房則
像網吧。回到香港，街上，餐廳，電梯裏，很多
人認出倪匡，索簽名，要合影，倪匡來者不拒。
一次，與好友蔡瀾外出，女讀者趨前要他簽名，他
享受着說：「竟然還有那麼多人記得我。看看，
我還是那麼威風。」倪太一邊調侃道：「你
人那麼矮。人家是先看到蔡瀾，你在
蔡瀾邊上，人家才認得出你。」

香港回歸十年。倪匡終於葉落歸根。

儘管在三藩市14年之久，倪匡內心，唯獨把香港視為家。

回家，一個能把人心捂暖的詞。世界上沒有一處地方比得上
家溫暖、寧靜、舒適和隨意。你出門的時候，什麼都可以不
帶，鑰匙卻一定得帶上。因為家是你必須回來的地方，鑰匙

叮噹的細語，也時常告訴你：你別走遠了，你有一個家呢。

赤鱲角新機場。那麼大的一個地方，走出關閘還不到10多分鐘。倪匡不可思議：真厲害，還是香港的效率高。

機場A出口。倪匡與倪太一現身，欄杆前的10多個攝影記者，嚓嚓，嚓嚓，閃光燈不停閃爍。哦，狗仔隊。倪太皺眉唬臉，倪匡卻一樂，對身邊的老婆說：「狗仔隊拍照，我是從來不在乎的。反正人都站在那裏了，就乾脆和他們打招呼，叫他們幫忙拿行李，他們高興，我們也輕鬆。哈哈哈哈。」

從美國回到香港，兒子倪震替父母租了一家服務公寓，連差餉17000港元，坐落在銅鑼灣鬧市。倪匡從前也住那一帶，熟悉環境，容易找回感覺。倪匡到了公寓住下。香港的房子原本就小，與三藩市相比，這公寓可謂「鴿子籠」。這套房大約只有美國豪宅的十分之一。不過，在香港人眼中，這800呎住房，算是一套舒服的窩了：間隔四正，三房一廳，兩洗手間一廚房。

在美國住慣大宅。倪匡趣說：「回到香港住下，連買垃圾桶都得選最小號的。」倪匡一時還需要適應一段日子。他曾向眾親友強調，廚房小到不可思議的程度：「男女主人同時在裏面，一定可以增進夫妻情趣：背對背會撞着屁股，面對面就等於嘴對嘴……」清晨，他從家中凝望窗外：「不錯不錯。」眼前看見的是豪宅禮頓山，向下俯瞰則是一排排鐵皮屋。倪匡饒有深意地說：「住在這裏，我想起一句老話：『比上不足，比下有餘』。」他一臉滿足現狀的表情。香港這個家才是真正的家。擁有一個家，誠然不是擁有了一個人整個的世界，家之外的世界自有她的可愛和美麗。只是任世界怎樣改變模樣，歷史怎樣變得衰老，誰也無法淡漠對家那種刻骨銘心的眷戀。因此，心靈倦怠時，往往想到回家。回家，人生便有了遮風擋雨的處所；回家，靈魂便有了安慰孤獨的暖巢。

這公寓附近非常熱鬧，比三藩市方便無數倍。最令倪匡滿意的一點是只要步行15分鐘，即可吃到任何美食。

不少親友到了這公寓來後，都覺得倪匡這個家的客廳像一所

按摩院，他的書房則像網吧，網絡咖啡廳。小小的客廳沙發兩旁擺了兩張佔地不小的按摩椅，另一間房裏還有一張按摩椅，都是從美國遠渡重洋運回香港的。倪匡要回流香港，在三藩市的家，捨棄了無數家什，唯獨這三張按摩椅，按摩力特強，倪匡捨不得留下送人，於是用貨櫃千里迢迢運回香港了。據說，當按摩椅搬進貨櫃後，倪匡發現貨櫃裏空隙還很大，他就隨手抓了幾十盒面紙往裏面丟。朋友們笑話他，連面紙都運回香港。他可不管旁人如何言語，振振有詞說：人生何必浪費。在三藩市，倪匡每天打四五次噴嚏，每次幾十個，一天所用面紙以盒計，在香港，不再打噴嚏了，這些面紙至少用三四年。

客廳裏，讓外人最奪目的，或許是倪匡和倪太、女兒倪穗和洋女婿、兒子倪震和周慧敏的照片。不過，倪匡覺得客廳裏有一樣好東西最值得看，即影星舒淇早期的裸體寫真集，倪匡笑道：「真的是靚噢。」主人房安置一張大牀，已佔去不小面積。書房也確實像網吧，剛回到香港，藏書還不多，房間裏卻擺了兩組獨立的電腦，用倪匡的話說，倪匡和倪太能

「各上各的網」，電腦桌面上是倪匡夫婦、倪震和周慧敏四人在美國舊居前的合影。客廳的兩張按摩椅，則是為了「各按各的摩」。夫妻兩人一同上網，一同按摩，一同看電視，用老友蔡瀾的話說，「秀恩愛可見一斑，不過有點肉麻」。

這一公寓，倪匡夫婦住了14個月，然後在北角丹拿花園買了樓。

剛回到香港的翌日，早上7點，倪匡便給老友蔡瀾打電話。半小時後，蔡瀾到公寓酒店見老友。

沒有寒暄。蔡瀾說：「睏不睏？時差倒過來啦？」

倪匡說：「還倒什麼時差？走走，早茶去。」

蔡瀾：「老規矩，陸羽茶室？」

倪匡：「那麼遠啊？」倪匡的神魂有點飄。

蔡瀾：「比起三藩市不算遠吧？」

倪匡：「在附近吃吃算了。」看來，剛到香港的倪匡，心裏踏實了。

一行六人走出公寓，狗仔隊依然跟蹤。

一間一間茶餐廳開着。

倪匡指着那間「翠華」茶餐廳，對蔡瀾說：「就這一間吧。」
蔡瀾說：「都可以，聽你的。」

坐下，點食，聊天。先端上來的淨柱侯牛肉、燜豬軟骨，倪匡吃着說：好吃好吃，滋味奇佳。

一行人步出「翠華」。住公寓酒店，就要備些礦泉水、糕點、即食麵之類的飲品食品。於是走去時代廣場city's super。

一路上，很多人認出倪匡，叫嚷：「倪匡，倪匡。」有年輕女讀者趨前要求簽名，倪匡來者不拒，笑着說：「竟然還有那麼多人記得我。」

蔡瀾在一邊說：「你的書一代看了又一代，衛斯理沒有離開過香港。」

倪匡自吹自擂：「看看，我還是那麼威風。」

倪太調侃道：「你人那麼矮。人家是先看到蔡瀾，你在蔡瀾邊上，人家才認得出你。」

蔡瀾笑了：「我走在前面，這叫狐假虎威。」

是日晚飯，蔡瀾知道倪匡想吃家鄉菜滬菜，於是挑選了「小南國」，地處銅鑼灣崇光百貨邊上，原本在糖街口，搬遷至此才一兩年。據說「小南國」有兩位鎮店之寶：都來自上海的國家級廚師葛師傅和李師傅。

美食家倪匡對所謂的改良新派菜，始終抱持那種不以為然的態度。他們點了上海醃篤鮮、外婆紅燒肉、招牌生煎包和小籠包、極品野生河蝦仁、清蒸野生鯧魚、椒鹽小黃魚。

倪匡吃生煎包。熱氣騰騰，薄薄的皮，裏面都有一汪又熱又鮮的湯汁，略略咬開一角皮子，待熱氣稍散，接着連皮帶餡送進嘴裏，皮面軟韌，皮底香脆，肉餡鮮美，湯汁錦上添花。「哦喲，好吃好吃。多少年沒有吃啦。」

那涼菜馬蘭頭，用日本料理的手卷方式，以豆腐皮包束後

切成塊再吃，馬蘭頭切碎了，筷子就很難挾起，如此改良，容易送進口。一種叫「心太軟」的糯米釀進紅棗中，香甜可口。倪匡說：「這種菜，從前也沒見過，味道還做得真不錯。」

晚飯後，兒媳周慧敏陪倪匡夫婦逛崇光百貨食物部。當年他們一家大小最喜歡的運動，就是推着超市物架車，逛「大丸百貨」食品部。周慧敏這般安排，讓倪匡回憶當年大丸百貨的風貌。

百貨店，人流穿梭。一對年輕人走過倪匡身邊。男的停了腳步，回頭看倪匡。女的說：「又回頭看哪個美女？」

男：「不是，那個人是蔡瀾。」

女：「蔡瀾是誰？」

男：「倪匡的朋友。」

女：「倪匡是誰？」

男：「倪震的父親，你應該認識了吧？」

女的點頭。

走出崇光百貨。路上，遇到一家三口。眼尖的父親指着倪匡說：「這個人就是大名鼎鼎的衛斯理。」小胖兒子聽了，做了個又驚訝又失望的表情：「啊，這個人，就是衛斯理？不是吧。」肥肥胖胖的倪匡向那個小胖子笑了笑，點點頭。事後，倪匡說：「我從來沒有在一個小孩臉上，看到那麼豐富的表情，交雜着失望、難過、憤怒和難以置信，衛斯理怎會是這樣一個又老又胖、衣衫襤褸、拄着枴杖的糟老頭子啊？！」

軒尼詩道。過馬路，見紅燈，幾十人擁擠着，等待着，卻有人迫不及待衝過馬路，倪匡大讚：「到底是大都市，不管什麼紅綠燈，三藩市的人，才傻傻地等。」堅拿道，交通燈口，看紅燈已轉綠燈，倪匡急急忙忙穿過馬路。一位家庭主婦目睹，陰陰竊笑：「倪匡哥哥，車子真多噢，是不是哦？三藩市過馬路就不必趕了吧，這裏還是小心一點好。」倪匡聽着，心想：妳是慰問我，還是嘲笑我。

銅鑼灣，告士打道世貿中心4樓。丼吉日本吉列專門店餐廳。倪匡吃了晚飯步出餐廳。門口，等座位的客人排長龍，大多是年輕人。一群男女見到倪匡，認出是他，轟地一聲，雀躍興奮，一陣騷動，圍着倪匡。他們紛紛拿出相機，要與倪匡合影。

倪匡樂呵呵：「你們不像是香港人哦，來自哪裏？」

「廣州。」

「哦，遊客。你們怎麼認得出我？」

「你照片看得多了，電視裏也看到你。」

倪匡問：「拍照可以，你們究竟是否都看過我的書啊？」

一個年輕男子從背包掏出一本倪匡新版小說：「剛剛在書店買的，衛斯理系列。正好，求得簽名。」

倪匡魅力，威不可擋。和倪匡在街上，在餐廳，常常會遭遇讀者的熱情。有索簽名，有求合影，有些老女人就是想走上

前，抓住他的面頰摔一把。

一次，倪匡在街上見兩個瘦高個美女迎面走來，看打扮，知道她倆來自中國內地。愛美女的倪匡，習慣性端詳着她倆。這對大陸高妹，也瞄了一下這肥胖胖的香港佬。他與她們擦身而過，其中一個長髮女子衝着倪匡吼了一句：真不要臉。

出口傷人。事後，倪匡將這一遭遇告訴蔡瀾。蔡瀾笑了，說那天倪匡在街上遇到的那兩個女子，除了身高，肯定是「沒波沒蘿」的，胸不大臀部不翹的。老友深深知道，倪匡素來對胸部扁平沒有臀部的女人有點偏愛。

倪匡聽蔡瀾這麼說，想想，自己也忍不住笑了。在香港，像蔡瀾那樣懂得他的老友不少。三毛是倪匡的知己，用當下的流行語說，倪匡是三毛的男閨蜜。三毛曾經對倪匡說：「說起心中的寂寞，不是因為哀愁，而是覺得，在這世界上，好像沒有一個人，懂得此刻正為靈魂裏的那份欣賞、讚歎、平和、溫柔和喜悅，沒有人能夠說。」

在美國那麼多年，始終沒有香港那麼精彩。在三藩市的日

子，是那麼寂寞，與香港的生活比，最大的分別是少了許多朋友，幾乎足不出戶。倪匡返港後的生活，與朋友談天，逛街散步，在家聽音樂上網，每天都要忙着出席老友的飯局。走在街上，即使是迎面而來的陌路人，也覺得是親切的，更何況常有途人向他打招呼，有些會鬼頭鬼腦地對他笑，倪匡倒覺得好親切。心寬體胖下，沒有幾個月，他體重比在美國暴增20磅，原本眼睛就小，一笑連眼睛都不見了。

在香港，倪匡不再寂寞。闊別維多利亞港灣14年了，重回舊地，倪匡所見所聞，香港這一過渡期，比他想像要和平順利多了，香港沒大變，香港人也沒什麼變，仍然很固執地遵從自己的生活方式，這是廣東人的一種生活方式。一次，在朋友們的宴席上，朋友要他說說回香港後的感受。他說着說着，舉起雙手，以池水形容香港和內地：回歸令香港和內地兩池之間的閘門打開了，從前高低不一的池水，已漸漸融合成平面，演變過程遠比想像中來得和平。

倪匡笑了笑道：「愛不愛國是一個問題，經濟影響又是另一回事，香港根本不能不靠內地，從開埠以來，人才、物資都

是從內地而來，香港地方小，根本沒辦法獨立生存，只希望盛世繼續維持下去。」

倪匡説，最近香港媒體話題，聚焦一個新聞，在大罵香港空氣質素差，「我住三藩市，一天要打十個二十個噴嚏，回到香港，一點事都沒有。聯合國調查，説香港人是世界上第三長壽的，其實，不是第三，是第二，排在香港前面的是日本和冲繩島，當今它倆是一個國家，所以香港應該排第二才對。香港的磁場適合我」。

312

他眼中的香港沒變，如果説有變，最明顯只是多了一批新移民。社會輿論似乎對新移民不公平，其實，你我，我們，不都是曾經的新移民嘛，「近年我在香港真的佔盡便宜，好像我這樣唔鹹唔淡的廣東話，還真有點流行呢」，「當年移民美國的決定，全是我個人選擇。當時，我害怕，怕共產黨，所以我説走就走了，很多朋友選擇留下，他們是不怕的一群」。

倪匡心中，有一份長留的香港情。倪匡笑言，早已視香港為

故鄉，即使闊別了14年，他仍熱愛香港。他說：「香港這地方，我很喜歡。在香港，想得到的東西都有，想不到的也有，這個地方古怪透頂，從最好到最壞，從最荒謬到最合理，沒有一個城市可以包羅這麼多內容。」

回港後與唯靈夫婦共聚。

攝於2007年香港書展，「對談科幻推理小説」講座。

第五章

第五章

1

2006年7月香港書展，倪匡受邀演講。

這是他返回香港後第一次在公眾場合登台
亮相。香港文壇都知道，你找蔡瀾參與什麼
活動，只要說倪匡已經答允出席，蔡瀾必定二話
不說。同理，你先找倪匡，只要說蔡瀾已經答應，
倪匡一聽蔡瀾同意，也就不會拒絕。不過，
他們一旦見面溝通，才發現自己上當了，
他和他，誰都沒有先答應，都是因為誤
以為聽說一方答應了，另一方就
糊裏糊塗答應了。

春春秋秋，風風雨雨。倪匡終於回到香港了。那是2006年3月29日。

一年前，2005年，我供職的《亞洲周刊》，開始配合香港貿易發展局舉辦的香港書展，書展每年7月舉辦。《亞洲周刊》籌劃的是「名作家講座系列」，總編輯邱立本指定我負責這一項目。此時，從媒體上看到倪匡回潮香港定居的消

息，闊別香港14年，他無疑是新聞人物。長期浸淫在新聞炒作氛圍中，我腦海萌生了一個點子。我們邀請的文壇著名作家為演講嘉賓，最好是新聞人物、話題人物，倪匡無疑是理想對象。我與他卻沒有任何交往。

我好不容易從傳媒朋友那裏，要到倪匡住所的電話號碼。一天晚上，我打電話給他。我知道他的廣東話和國語，都半鹹不淡，我便用上海話跟他溝通。他一聽上海話，旋即親近不少。他說，他看《亞洲周刊》，也讀我寫的文章。我說了書展的事，他說，他從來不登台演講。我沒死心，近乎祈求，約他見面喝下午茶。他纏不過我，竟然答應了。答應見面，事情就成功一半。

我們相約5月30日晚上，在銅鑼灣怡東酒店西餐廳見。

那天是星期二，赴約前，我還在研讀倪匡的資料，突然無意中發現這一天竟然是倪匡生日。我趕緊提前到酒店，買了生日蛋糕。

見面寒暄。他和他夫人一起來的。坐下，再客套一番。言談

間輕鬆詼諧,漫無邊際。我們遞上生日蛋糕,倪匡笑吟吟而又孩童般吹熄蠟燭。席間,倪匡發表了一番關於生日的高論,關於生與死的謬論,頗有些童言無忌的味道,逗得眾人笑聲一片。看來,送生日蛋糕這一招起了作用。

與14年前去美國之前的照片相比,他確實胖了不少。20分鐘後拐入主題。

「我可從來沒有上台演講什麼文學的。」他說。

「沒事啊,你一上台,讀者就會興奮啊。」我說。

「不行,不行,我口才不好,講不了長篇大論。」他說。

「那我們請蔡瀾與你對談,讓他多講些,你可以少講些。」我說。

我知道,只要蔡瀾在場,倪匡百分百會答應。香港文壇都知道,你找蔡瀾參與什麼活動,只要說倪匡已經答允出席,蔡瀾必定二話不說。同理,你先找倪匡,只要說蔡瀾已經答應,倪匡一聽蔡瀾同意,也就不會拒絕。不過,他們一旦見

面溝通，才發現自己上當了，他和他，誰都沒有先答應，都是因為誤以為聽説一方答應了，另一方就糊裏糊塗答應了。

「好吧，你們找了蔡瀾再説。」他説。

「不是呀，這可是你先答應的噢。」我説。

2個多月後。7月20日。午飯後，我坐出租車去倪匡寓所，接他們夫婦去書展現場。倪匡穿着藍色麻衣醬紅布褲

灣仔，會議展覽中心。上萬呎的演講廳。講壇藍色背景佈板上一行大字：倪匡：衛斯理回歸——與讀者座談會。2500讀者聽眾早就坐滿演講廳，靜靜等候着：久違了，倪匡；大師，你終於回到我們中間。倪匡與蔡瀾登場了，開始與讀者聽眾談笑風生。

大會司儀、名主持葉揚在開場白中，代表大會向倪匡致敬時説：倪匡的作品，總是在光怪陸離的情節中，激發人類思維無限的創意，帶給讀者以雙想像力的翅膀，飛進一個前所未有的想像世界，似乎在預示當年的不可能變成了可能，也預

示着今天不可能，或許成為明天的可能。

倪匡、蔡瀾在大講台上端坐着，還沒開口，就讓讀者想起10多年前，倪匡、蔡瀾，還有他倆的老友、兩年前去世的黃霑，一起主持電視《今夜不設防》的清談節目。此時，倪匡、蔡瀾在台上，卻少了黃霑，倪匡說起黃霑，旋即收緊笑容：「當時，我在美國，知道他去世後，我有兩三天沒有吃東西了。」

當年，他們仁做節目時，倪匡大部分時間是自個捧着酒杯，在一旁喝着喝着，只是時不時發出時而「哈哈哈哈」時而「嘻嘻嘻嘻」的笑聲，偶爾吐一兩句非常精闢「入肉」的話，將最喜歡噴口水的黃霑氣得七孔生煙，觀眾卻捧腹大笑。

如今，從美國移民回來香港，首度在公眾場合亮相，當年手中的烈酒卻換了清水，不過，他的愛理不理，似笑非笑的談吐和表情，卻絲毫沒變。他語速依然五秒三句，合起來至少30字，還未包括夾雜其中的招牌式「哈哈哈哈」笑聲。他的

廣東話，常被人笑説「不靈光」，或許是他的語速奇快，旁人聽了，由耳朵輸送到腦部的程序還未完成，便要聽他緊接着的下面那句了。不過，許多人説，倪匡説話節奏好，簡短而達要點，只要他在場在台上，聽眾不乏被他弄得嘻哈絕倒的，他講話似電信發報機，嘟嘟嘟，喜劇極了。

如今，這場62分鐘的講座，老讀者、新讀者都搶着向這位心慕已久的科幻小説大師真情對話。

蔡瀾：大家好，廣東話有一句叫做「摟車邊」（注：搭順風車），今天「摟車邊」的那個人就是我了。好了，今天的座談會開始，你（倪匡）想先説兩句，還是直接和台下觀眾交流？

倪匡：我很擔心我説的話有多少人能聽懂，你看，大家都笑了，證明聽懂了。那我説慢一點。

蔡瀾：那你説慢一點，別人聽不懂，那是你説的快而已。那時候我們一起做節目，我家裏有個菲律賓的家政助理，她叫不出倪先生的名字，每次倪生打來電話，我問是誰打來的，

她就說是嘀嘀嘀（模仿倪匡說話的語速）的那位先生。

倪匡：我首先聲明一點，請各位不要把倪匡和衛斯理劃上等號。衛斯理是衛斯理，倪匡是倪匡，是不一樣的。今天講「衛斯理回歸」，這個題目我覺得很難理解。如果衛斯理離開，他不應該是離開香港，而是離開地球。我相信衛斯理如果離開地球，除非他老婆白素一定要回來，否則他是不會回來的。現在的地球亂七八糟，要是我離開了，我就不會回來地球。我離開香港就不一樣，雖然現在香港也亂七八糟，但是我還是回來了。

讀者1：你為什麼要回香港？

倪匡：其實要說很多也可以說很多，說一句也就是一句話。我老婆說要回來，我唯有跟着回來。真的，你們不信，可以問蔡瀾。

蔡瀾：倪先生是一個自得其樂的人，去到哪裏都會很適應，就算去到外太空，我想都會很適應。

倪匡：因為我這個人是很容易滿足的，反而回到香港，我老婆說很熱，我覺得不是很熱，因為我覺得回來就預料到香港會很熱，你以為好像三藩市那麼清涼，夏天還要蓋絲綿被。真的，當年8月份，黃霑夫婦來三藩市來看我，冷的他們直哆嗦，還要借我的羽絨衣來穿。還不斷問別人這裏三藩市是不是冬天？是不是夏天？

讀者2：請問倪先生，你相不相信天堂和地獄？

倪匡：我很相信，因為我是基督徒，所以一定要相信。

讀者3：如果你相信有天堂有地獄，而世界上有那麼多好人早逝，例如莫扎特30多歲就死了，舒伯特30多歲死，貝多芬50多歲死，這麼多好人早逝，你怎麼看神是公平的？

倪匡：我覺得人在地球上這一階段的生命是微不足道的。我們基督徒是追求永生的。你30歲死和80歲死，只不過相隔50個地球年，對於宇宙來說，只不過是一彈指，60個second（秒），我覺得沒有什麼不公平。一個人的生命，20歲和80歲沒有什麼不一樣，非常短暫。你自己在地球上非常珍惜這

短暫的生命，覺得很緊張，但當你到另一個境界，你就覺得不是一回事。我是相信人有很多階段的生命，否則怎麼會有地獄和天堂之分？

讀者4：你曾經在你的一本書講你的命書，那你現在回望過去，你覺得命運這東西是不是注定沒有改變，對於命運你如何看待?

倪匡：那本命書是鐵板神數那位專家幫我寫的，這個鐵板神數的算命方法很奇怪，它算你以前的東西是很準的。對你以後的東西是模稜兩可。我是完全不明白的，現在回頭看，我48歲那年去算，我48歲之前他算得很準，其實，根本不用算也很清楚。48歲以後的事，我到現在也不明白他的解釋。他算到我60歲之後就不肯算下去，人人都說我60歲會死。我現在又活長了10年，他算黃霑算到70多歲，但黃霑60多歲就走了。所以這種東西都不是很精確。

蔡瀾：倪先生是我們的長輩和朋友，任何有家教的人都會稱呼倪先生這3個字。名字不是給你們指名道姓的，因為我們

不是跟你們很熟。曾經有一個記者打電話給倪先生，劈頭就說，倪匡，我要訪問你。倪先生說，真是很可憐。記者問，為什麼說可憐？倪匡說，你爸爸媽媽這麼早死，真可憐。記者說，沒有啊，我爸爸媽媽還在。倪匡說，為什麼他們不教教你怎麼說人話呢？

倪匡：那時候我還是火氣很大，現在無所謂了，你叫我什麼都行。

讀者5：你自己比較喜歡作品中哪一個系列？在那系列裏，有哪些是自己較為喜歡的？或者有哪些突然很賣座，會讓你很詫異？

倪匡：作為一個寫作人，自己的作品都會很喜歡。他寫作時總是將自己最好的能力展現在上面。你問我哪一本特別喜歡，我真的很難說。只有讀者區別出哪本喜歡，哪本不喜歡。我每本都喜歡。我經常翻看自己的書，有幾本書名都不記得了，但都覺得自己寫得很好。有時候自己一邊看，一邊奇怪，書的開頭開得這麼大，該怎樣收尾呢？我很奇怪，我

當時自己怎麼收尾的？一路看下去，就愈覺得自己寫得真是好，看結尾才發現真的沒有收尾。所以很多讀者説我的作品虎頭蛇尾，我承認，是的，頭開得太大，收不了尾，草草了事就算了。

讀者6：你的小説大多以外星人作背景，你相不相信有外星人存在，假如外星人出現在你面前，你會怎樣招呼他們呢？

倪匡：我的小説有一半是用外星人作背景的，我堅決相信，宇宙這麼大，地球不過是一個小小星球，都有這麼高級的生物，其他的星球一定有更多的外星生物。如果有外星人現在在我面前，我會非常高興。因為如果外星人能來到地球，那麼他的精神文明、物質文明一定是非常頂級。他不會傷害你，因為他覺得地球肯定落後於他們的星球。因為地球到現在為止，派了幾艘宇宙船去火星都失蹤了，被火星人捉去了。所以見到外星人不用害怕，很多西方科幻小説聲稱外星人有多麼可怕，但我並不這樣認為。

讀者7：衛斯理這個角色深入人心，你有何靈感去創作這一

角色？你在創作的過程中，是否將你自己代入這一角色？

倪匡：絕對不可以將衛斯理和倪匡劃上等號。衛斯理能說全世界的語言，但我連廣東話都說不好。我在寫小說的時候，從來沒有代入其中。只有一點性格比較相像，就是衛斯理的性子很急，我自己的性子也很急。當初寫的時候，沒有想過寫幻想小說，我那時在明報副刊，已經寫了兩本古裝武俠小說。還剩下一篇，我不想再寫一篇古裝武俠小說，所以我打算寫一篇時裝武俠小說。後來寫的時候，覺得單單寫武俠小說沒有什麼意思，所以就加一些幻想成分，後來愈加愈多，就變成現在這樣了。

2

倪匡：我離開香港時才50多歲，現在已
70歲出頭了。世界上一切事情基本上都與我
無關了。無論是政治混亂也好，還是有沒有選舉
權也好，這一切對我來說都沒有關係。我完全放
下了。我16歲去當公安，到23歲逃離大陸。那7年
的情形，讓我知道人是如何在一個環境中生活，
人可以委屈、卑微到一個什麼程度。人應該
有生存的基本權力。這個基本權力是不
可以被剝奪的。

讀者8：你怎麼看香港的政治，你以前講過覺得香港很可
愛，很自由，過了這麼多年，你回到香港，你怎麼看現在的
香港？或者你對香港的未來有什麼期待？

倪匡：我離開香港的時候才50多歲，現在已經70歲出頭了。
我覺得世界上一切事情基本上都與我無關了。我現在對外
界的事情完全不關心，無論是政治混亂也好，還是有沒有選

舉權也好，這一切對我來說都沒有關係。所以，我完全不管了，放下了。

讀者9：你一直很反共，現在對共產黨的看法有改變嗎？

倪匡：我對共產黨的看法完全沒有改變。現在很奇怪，愈是有錢的朋友，愈是對共產黨嚮往。我逃離中國大陸後，始終沒有回去過。很多有錢的朋友都勸我去大陸走走，說現在共產黨不同了。我說是，共產黨和以往不一樣，就是從非洲的食人部落，派很多子弟去英美留學，哈佛、牛津等，然後回到非洲……現在的共產黨用刀叉吃羊肉，它的本質是不變的。

讀者10：在你小說裏，溫寶裕一直很受人歡迎，為什麼你突然間讓他受到長老的影響，性情大變？

倪匡：按照溫寶裕的性格發展趨勢就是這樣的，因為他對地球的現狀愈來愈不滿意，而且他又接受一些宗教理論，覺得地球人太多，而將來可以獲救的人數不是很多。所以他覺得要有一種方法大規模地消滅地球人口。我本來想在這個角色

上好好發展，但是有些寫不下去，所以在最後一本書上，他又回來了，改邪歸正了。這本書就是草草了事的典型。所以這本書的讀者僅限朋友，不是我朋友，你千萬不要看，你看了會罵人的。朋友看了沒關係，會原諒的。

讀者11：你和你妹妹都是名作家，她有很多作品的結構是抄襲你的，你有沒有對她表示抗議？

倪匡：亦舒的小說從來沒有抄襲過我，你可以舉出哪一部做例子？

讀者11：有一些情節和你的作品相似。

倪匡：那不算抄襲，她利用我這個人物續寫故事，是一種遊戲而已。

讀者11：你現在跟她還有聯繫嗎？

倪匡：有，我們是兄妹。對於大陸盜版的問題，我看得很通透，因為是共產黨，擺明要共你的產。行不改名，坐不改姓，說到明是共產。

讀者12：香港有很多套拍衛斯理的電影，都是失敗的，你認為有哪一個明星可以代表衛斯理？

倪匡：你為什麼要這樣問，要知道，其中有兩部是蔡生（指蔡瀾）監製的哦。

蔡瀾：最適合飾演衛斯理的應該是周潤發。

倪匡：我覺得任何男演員都可以當衛斯理，關鍵看導演。我昨天見到上海的女作家王安憶，我對她說的第一句話就是你的小說被別人拍壞了。她這個《長恨歌》被改編成電影，人人都說鄭秀文演得不好，怎麼能夠怪鄭秀文，要怪就怪導演。演員是導演的工具。

讀者13：我20年前買過一本衛斯理，我希望你給我簽個名。

倪匡：好。

讀者14：你寫作有沒有一個信念？你為什麼會挑寫作這條路走？你喜不喜歡寫作？有沒有什麼人或事影響引導你走上寫作之路？

倪匡：這個問題蔡生最明白我。我除了寫作之外，沒有任何其他本事。如果今天沒有他陪着，我是不敢來的，對着這麼多人，會嚇死我的。我寫作是為了生活。因為這是我唯一可以謀生的本領，除了寫作，我對其他事都很糊塗。

讀者15：亦舒小姐有沒有機會回香港和讀者見面？我也很喜歡黃霑先生，他的離開對於你來説，有沒有傷心過？

倪匡：亦舒回不回來香港，我怎麼會知道。

蔡瀾：天地圖書公司30周年紀念，聽説他們高層正在請亦舒回來，成不成功就要看她老公了。

倪匡：關於黃霑的離開，我當然很傷心，記得我當時呆坐在那裏，兩三天都沒有吃東西。現在看到照片，就覺得霑叔真的不爭氣，這麼年輕就去世了。不過後來覺得，就像回答前面那位女士的問題一樣，人長命短命都沒關係，只要在短短幾十年裏開心快樂就行。

讀者16：你認為自己做的最棒的一件事是什麼？

倪匡：我做的最棒的一件事，就是從中國大陸逃來香港。我覺得一來到香港，就好像魚到了大海，就會游泳了。當年，從內蒙古走了4個多月才來到香港，其中經過爬山、游泳、「屈蛇」（注：偷渡客坐船隱藏在小艇裏，或匿藏在貨車的貨櫃裏）、偷渡才來到香港。那時候年輕，現在讓我再走一次，我都受不了的。

讀者17：有哪一本書或哪一些作家對你的寫作風格有影響的？當下文壇，你印象深刻的有哪幾位作家？

倪匡：我是一個寫通俗小說的作家，有一個作家叫還珠樓主的，對我寫作有影響的。不知道你們有沒有聽說過。他的《蜀山劍俠傳》，我印象最深刻。所有早期武俠小說家，朱貞木、王度廬，最近王度廬的《臥虎藏龍》開始熱起來。我在鄉下幾年就拚命看翻譯的俄國文學，那些小說看得口吐白沫。最近的小說家，武俠的，我喜歡台灣張大春，散文雜文，我喜歡蔡瀾、陶傑。

讀者18：衛斯理和你兒子，都是你創造出來的，你覺得他們

兩個哪一個比較好？而且你覺得生兒子好還是生女兒好？

倪匡：這怎麼能夠比較呢，一個是虛的，一個是實的。你就是在問，我和我的影子哪個比較好，這怎麼能比較呢？

讀者19：你曾經寫過一本書叫《頭髮》，裏面講ABCD，你說你是一個基督徒，其實ABCD是借代了耶穌、釋迦牟尼、老子和默罕默德，你說他們4個互相認識，這和你宗教有沒有抵觸？你曾經自稱「倪三秒」，這是不是真的？

倪匡：第一，寫《頭髮》的時候，我還不是基督徒。第二，我一直認為宗教是有共同的地方。所以我的設想在成為基督徒之後也可以成立。一直到現在，我都跟自己說，我一直信仰的上帝都是外星人。你說那「倪三秒」，這個花名是大家吹噓我在某方面的行動特別快。

讀者20：你的很多天馬行空的作品，都突破了當時年代的想像，例如小型通信器等，那時還是上世紀八十年代，你是如何跳出時代框框，想像出這些發明品的？在香港，如果青少年想走上寫作之路，你有什麼提議？

倪匡：我先回答第二個問題，我的提議是立刻去寫。不要問別人怎麼寫，首先自己要去寫。所有古今中外的寫作成功的人的秘訣，就是去寫，不斷地寫。再說第一個問題，這些古怪的小道具，是根據故事的需要胡思亂想出來的。我現在就在想一個可以用思想控制的輸入法。我想到什麼字，什麼字就出來了，說都不用說。

蔡瀾：我想這是有可能的。

倪匡：一定有可能。

讀者21：我們這些中學生，寫作文的時候有時覺得很困難，你有什麼提議，讓中學生寫作文可以寫得快一點，像你一樣，一日一萬字。

倪匡：你可以寫得快就寫得快，你寫得不快就唯有寫得慢了，可以寫得快沒有理由拖慢來寫。

讀者22：你以往有一些作品會被改編成電影或者電視劇，作為原作者，喜不喜歡別人改編？如果有編劇不忠於原著，你

怎麼評論？

倪匡：我很看得開，我很喜歡別人把我的作品改編成電視劇或電影，我有錢拿，怎麼會不開心呢？對於別人怎麼改，我完全不在意。因為電影界和電視劇界有一個很古怪的習慣，如果他出錢買你的版權，他會改到連你自己都不認識的地步。如果沒有通知你，自己偷偷來拍的話，會忠於原著。一看就是，這是我的小說，有價可講。《木蘭花》、《衛斯理》拍了出來，有人問我，片子中那年輕人是誰，我說，我都不知道。

蔡瀾：一個電影製作買回版權之後，如果編劇不改到不認識的程度，這樣的編劇往往會被炒魷魚的。

讀者23：你以前曾做過編劇，你覺得編劇和寫書的技巧上有什麼不同？以你的記錄，最快的一本書或劇本什麼時候能完成？

倪匡：到現在為止，有很多寫電影劇本的法則、名詞，我都不懂，我寫過幾百個電影劇本，應該都可以把它們歸成電影文學劇本。我寫完之後，自己是不改的，而是給導演去改。

我覺得寫劇本要比寫小説好，因為酬勞高一些。5萬字的劇本可以比得上20萬字的小説。一般作者一個月寫完的劇本，我3天就寫好了。我寫好之後，也沒有通知他來拿。因為3天不值錢，一個月之後來拿，他覺得很開心。寫小説，我最快一天可以寫兩萬多字，寫完兩萬多字，我還可以打八圈麻將。

讀者24：你最初的兩本小説《鑽石花》和《地底奇人》看起來不像一個系列，你是不是最初的時候就想把這兩部書寫成一個系列，如果不是，你是什麼時候想將這兩本書寫成一個系列？

倪匡：第一本《鑽石花》是獨立的，根本不是幻想小説，是時裝武俠小説。第二本《地底奇人》也是時裝武俠小説，和前一本沒有聯繫。到了第二本，白素出場的時候，才想起這兩個人可以有很多故事發展下去，當初也沒有想到可以寫這麼多年，一個系列能夠寫40多年，簡直就是個世界紀錄。兩個人已經在這裏，這樣比較容易寫，總比再想一個新人來寫要好。

‧‧

讀者25：你的人生哲學是什麼？有沒有什麼事令你很失望？
這件令你失望的事又是什麼？這件事和你的人生哲學之間又
有什麼關係？

倪匡：我的人生哲學說出來真是教壞小孩，就是得過且過。
我不計較什麼。我寫衛斯理的時候，出版社要出版，我自己
都沒有把自己的稿存下來。有讀者很重視，會剪報留存，收
集送我的。我16歲去當公安，到23歲逃離大陸。那7年的情
形，讓我知道人是如何在一個環境中生活，人可以委屈、卑
微到一個什麼程度。印象太深刻了。人應該有生存的基本權
力。這個基本權利是不可以被剝奪的。

倪匡話音未落，一陣掌聲，完全可以用「經久不息」四字描
述。

‧‧

3

倪匡：武俠小說創作經歷了四個高峰
期。俠的意義在中國很久遠了。在唐宋傳奇有
很多講道俠的定義，俠的定義應該是維護他心目
中的正義。但如果正義錯了就很麻煩。你老講為
人民服務，你有沒有想過人民要不要你服務。人民有
他自己的選擇。武俠小說的俠的行為，在實際
社會是不存在的。這是一種虛擬、想像的行為，
人在這種虛擬行為中，那些不正義的事情得
到伸張和懲罰。這種行為在現實社會
絕少存在。

339

掌聲過後，全場靜謐。問答繼續。

讀者26：金庸第三次修改他的作品，你有什麼看法？

倪匡：他送了書給我，但是我從來沒有看他第三次修改的作品。

讀者26：我說說我的看法，我看了《神雕俠侶》中的一段，
看了很生氣。

倪匡：金庸先生明天來講座，你可以對他講。

讀者26：我明天也會問他，我想問，你的好朋友古龍大師，還有金庸，三人聚首，金庸對了一副對聯……

倪匡：沒有這回事，這是誤傳。

蔡瀾：金庸先生也說沒有這回事。

讀者27：你寫小說這麼多年，你覺得小說對人類文明、人類社會有什麼影響？你認為科技在人類世界將會有什麼影響？

倪匡：科技對人類的影響一定有，但我看不出小說對人類有什麼樣的影響。小說是用來消磨時間，你不用把小說的地位放得這麼大。你不用把這個社會壓力給小說的作者。小說作家沒有什麼壓力。當然是科技偉大，我寫過一篇雜文，題目就被別人罵死了。我說，我寧願不要唐詩宋詞，我只要抽水馬桶。唐詩宋詞有什麼用？抽水馬桶才有用！我覺得小說就是，看小說的時候能夠令讀者看得很開心，這就是小說的責任。如果小說作者盡不了這個責任，你就不能成為小說作

者。因為大家看得不開心，所以大家都不來看你的小說。

讀者28：面對尖銳的提問時，你總能風趣幽默回答，這樣的談吐是如何培養的？

倪匡：還是一句話，我這個人很隨便。我覺得這世界上沒有什麼問題是尖銳的，沒有什麼問題是嚴重的。大家都是普通人，你問一些很普通的題目，我就很普通地回答你。有時候，很莫名其妙的，我覺得有一些問題很搞笑，但大家一點反應都沒有；有時我覺得不好笑，大家卻哄堂大笑。這些都是不能控制的。別把事情看得嚴重，人就能幽默一點。我常說，就算地球爆炸了，只不過是宇宙少了一顆灰塵而已。

讀者29：你寫作的速度非常快，我想問這種速度是從小就這樣，還是因為趕着交稿而培養出來的？你寫字這麼快，字迹會不會很潦草？

倪匡：我從小就是急性子，做什麼事情都很快。所以寫字寫得快，我覺得是天生的，培養不了。我寫字潦草，報館、出版社都有專人來辨認我的字。那個專人很有本事，他能夠看

得懂我所有的字。我的字雖然潦草,但是有一定的格局,是根據中國的草書寫的,不是自己創造的。雖然草得連神仙都不認得。我的第一個電影劇本寫出來,導演、男演員、女演員他們研究了一個星期,回來一鞠躬,對我說,麻煩你告訴我,因為我們真的不知道你在寫什麼。我一看,自己也不是很認得。蔡龍就知道我寫的是什麼。

蔡瀾:以前的劇本不是打印的,而是手寫的。寫完之後,有藍色紙印出來,有一個人專門抄劇本,這個人姓蔡,叫蔡龍。這個人能夠認出倪生任何的字。

倪匡:竟然一個字都不會錯。

讀者30:我看了《少年衛斯理》,其最後的結局是和祝香香去探險,但是沒有後續了,想問你對祝香香的構思究竟怎樣呢?

倪匡:《少年衛斯理》我只寫了三分一,剩下的三分二不是我寫的。

讀者31：你覺得簡體字會取代正（繁）體字嗎？如果要取代，你是否覺得這是中國文化的悲哀？

倪匡：我不覺得簡體字會取代正體字，就算取代了，也不是什麼壞事。中國文字都是不斷簡化的過程，不過，簡化的速度只是沒這麼快，而是極其緩慢的過程。

蔡瀾：你就當一個是電影，一個是電視。

倪匡：而且我不覺得繁體字和簡體字有什麼不同，你只要用心，一個小時就能學完簡體字。為什麼不去學簡體字，簡體字的書賣的便宜多了。

讀者32：你曾經說過，金庸的《書劍恩仇錄》在他14本書中排12，那您認為排第一第二是哪本？

倪匡：我認為排第一是《鹿鼎記》，第二是《天龍八部》，《笑傲江湖》第三，《神雕俠侶》第四，最近我看了北京作家陳墨寫的關於金庸的一部研究著作，這麼厚，八本，他也是覺得這四部寫得最好。

讀者33：您說過，模仿古龍容易，模仿金庸難，為什麼？

倪匡：你要學古龍的筆法，你有了中文的底子可以做到，你要寫金庸的筆法，光有中文的根底是不夠的，對古文學，中國歷史有很多的理解，要能在他的筆法下寫出那麼淺白的文字。古龍的小說容易：葉，秋葉，秋天的葉，哇，已經三行了。所以我最喜歡續古龍小說，像他這樣寫小說，稿費容易賺。武俠小說一定要天馬行空。如果沒有天馬行空，就不能稱為武俠小說。武俠小說其實是非常古怪的小說形式，全世界只有中國人有。其他任何國家都沒有這種小說形式，可以說武俠小說屬於中國式的幻想小說，所有的人物、故事、和情節在現實生活中極少有可能發生。根本是一種幻想故事，所以需要天馬行空。金庸作品翻譯成英文時，最難翻譯的一個詞，這個詞大家都知道：江湖。江湖這個詞沒法翻譯，但是我們每個人從小都看武俠小說的，都知道什麼叫江湖。知道什麼叫做人在江湖，身不由己。江湖其實是不存在的，這是中國人對生活的一種希望，一種嚮往。或者受壓迫得太厲害了，希望在幻想之中得到一種解脫。所以它的文學層次在

心理學上是非常值得研究的課題。

讀者34：你對武俠兩個字是怎麼理解的？你喜歡看武俠小説還是武俠電影？

倪匡：我想起我寫的論武俠小説的文章的頭兩句，武俠小説，有武有俠為小説也。很多年前是這樣寫，到現在也是這樣説，有武有俠，就是有武功去做他認為要做的事情。武俠小説和武俠電影是兩回事，武俠小説的空間比武俠電影大得多。武俠電影中，大俠一拔劍，那個劍套就很尷尬，武俠小説就不存在這種劍套問題。電影中這個劍套放哪裏好，如果一隻手拿劍，一隻手拿劍套就變得滑稽了；如果你把劍套扔在地上，你打完之後，還要去撿？你放在腰上又顯得不瀟灑，沒地方放，對吧？所以電影要把所有幻想的東西現實化，這比較困難。這只是一個小例子。很多打鬥的東西只能用文字來表達，不能用形象來表達。當然現在電影的特技好了，但是降龍十八掌如何去表現，你問金庸，他自己也不知道。我還覺得，武俠電影沒有打鬥比較好看，很優美，《臥虎藏龍》是比較好的，但《臥虎藏龍》的小説比他的電

345

影好看得多，我比較喜歡文字。

讀者35：金庸講過，中國人的俠為什麼和世界其他地方不一樣，中國人的俠是俠之大者，為國為民，或是殺身成仁，捨身取義，或者是打抱不平，但是從來沒有一個俠是為自己的，中國人的俠是不捍衛自己的權利的，打抱不平心裏非常過癮，如果是為自己，就會不好意思，躲到一邊去，這是金庸的說法，我想聽聽倪大師的看法。

346

倪匡：俠的意義並不是從金庸小說開始，而是在中國很久遠了。在唐宋傳奇很多講道俠的定義，俠不是不為自己，俠的定義應該是維護他心目中的正義。但如果正義錯了就很麻煩。他說為你好，你反而會痛苦不堪。這樣定義我覺得非常模糊，比如說為國為民，這民要不要你為，你老講為人民服務，你有沒有想過人民要不要你服務。人民有他自己的選擇。還有一個很吊詭的東西，武俠小說的俠的行為在實際社會是不存在的。這是一種虛擬、想像的行為，人在這種虛擬行為中，那些不正義的事情得到伸張和懲罰。這種行為在現實社會絕少存在，至少我就沒見過。

讀者36：蔡瀾先生曾經講過，倪匡大師寫的最好的就是他的散文，我個人也很同意這一點。很多年前，明窗出版社出版倪匡先生一部散文集，裏面有一些武俠小說和科幻小說，其中有一篇武俠小說，精彩程度我覺得是絕對不亞於金庸的小說，我想問創作這些短片武俠小說和長篇武俠小說有什麼區別？或者所需要的精力和時間是不是和它的長短成反比或者正比？

倪匡：這位先生真是識貨。那個短篇小說是我50年創作生涯中寫得最用心的，是自己最滿意的一篇，兩千字一篇的小說。這部書裏有各種各樣的題材，其中有幾篇是武俠小說，那兩千字比兩萬字還難寫。我的寫作態度很不認真，我寫完之後從來不看第二遍，但是那兩千字，我至少看過三四遍，因為你寫下來不可能剛剛兩千多字，你寫下來三千多字，就要刪一千多字。個個字都這麼好，很難刪，真痛苦。這本書好，這本書我讓明報出版社重新出版，他們不肯出。今天有人這麼看好這本書，讓我頗感安慰。

讀者37：你認為武俠小說創作有幾個高峰？或者說高潮？

倪匡：我認為有四個高潮。第一個高潮是最多歷史時期了，從唐宋傳奇算起，連《水滸傳》和《刺客列傳》也可把它加進去，然後到真正武俠小說的興起，就是清末，《平江不肖生》和《俠義英雄傳》就是從那時候開始，這是第二個高潮。這第三個就是還珠樓主、鄭正英、朱貞木和王度廬那批人的武俠小說的高潮，才是武俠小說成為真正的文學小說、成為文學創作的獨立形式開始創立。到最近一個時間，當然是金庸和古龍這兩個人形成，完全登入文學的殿堂了。如果現在再把武俠小說排除在文學作品之外，那種人他自己的無知。很奇妙的是，第三個高潮，還珠樓主、王度廬的那個高潮是在大陸發生的，金庸、古龍那個高潮是在香港、台灣發生的。現在第四個高潮等於大陸、台灣一起來，香港也有很多。中華書局負責人在這裏，舉辦的武俠小說徵文，發掘了好多好多好作品，台灣有一個溫世仁基金會，溫世仁聽説是一個很有錢的人，但是不幸英年早逝，他是很喜歡武俠小説的。最近也有冠軍作品寄給我看，那本書怪透了，那本書一半是正面排的，一半是反面排的。又好像半夜吃黃瓜，不知頭尾，不知從哪裏開始。總之，武俠小說是大家一直喜歡

看的，之所以到了低潮是因為沒有人寫，沒有人寫哪裏會有人看呢？總之，武俠小說創作，我認為是形勢大好，不是小好。

讀者38：我們看到的你，總是沒有正經的時候，你跟子女是怎麼交往的呢？

倪匡：一切順其自然。我跟子女從來不談正經的事情。所謂正經事，什麼人生道路、人生道理，這些應該每個人憑自己的本性去體會。我從來不看所謂勵志的書，我相信路應該由自己走的。走了彎路有什麼關係？一個人一生中總要走過彎路，沒有可能始終走直路。一個人的人生由自己的性格決定的。剛才我講過，一個人生下來，上天已經寫好了劇本，不過，你看不到下一場而已。

讀者：39：你回顧自己大半生，可有什麼遺憾？

倪匡：沒有了。經歷過最艱苦的日子，我很知足，什麼都可以開心一天。有一次，我去快餐店吃飯，望着飯桌上的米飯，忍不住呆望許久，然後自我滿足地笑起來。結果，身邊

的阿婆以為我是精神病瘋子，急匆匆地從自己桌上拿起她的飯菜托盤，趕緊跑開。

讀者40：你會不會寫自傳？

倪匡：我不會寫。我的自傳300字就可以寫完，很簡單。不過，每個人在一生忙忙碌碌的日子裏，總是來不及懷舊的。直到有那一天，當雙手與心靈同時閒下來時，一些塵封的往事便會恣意冒出。這時候，人或許會格外希望有一張坐落於維多利亞港灣畔的長木椅，自己有一次黃昏中的散步，有這一次長木椅的獨坐。人生有回憶不是壞事，怕只怕夢醒時無頭可回無岸可望。無論心裏裝着怎樣多的人物和故事，人總會空出一角，安放一張黃昏時面對維多利亞港灣畔的長木椅。

這場演講在繼續……

2014年6月9日殺青

後記

一年前工作之餘動筆趕寫這部書，

原計劃於2013年7月香港書展期間出版。

6月9日因心臟突然停跳2分鐘

而後昏迷36小時，

這部書稿只能暫時擱下了。

一年後終於重新續寫，

在2014年書展前成稿。

倪匡傳：哈哈哈哈

永遠在我們心中的……

2019年香港書展，倪匡和參與講座的三千多名讀者合照。

倪匡挑選主持也要自己喜歡的人。
與嘉賓主持趙嘉寶合照於後台。

2019年香港書展的講座成為了倪匡最後的一場公開活動。

倪匡對喜歡的晚輩作者，絕不吝嗇作序。

寫作配額用完後，仍執筆為故友金庸作文悼念。

倪匡與妻子攝於2019年5月生日，他與妻子的結婚周年也是5月份。

手中拿着剛出版的少年版，倪老也鮮有的調皮一番。

曾經限量訂購的《衛斯理系列》全套81本簽名本可真是「貨真價實」，足足簽了數個月。因每次只能簽兩套，每周只能簽一天，怕累壞了他。

倪匡傳：哈哈哈哈

倪匡生平年表

1935年

出生於上海，祖籍浙江鎮海。

1951年

倪匡輟學離家，隻身北上進入華東人民革命大學受訓三個月，成為公安幹警。在內蒙古時因「破壞公共交通設施」被懷疑為「反革命」，接受隔離調查。

1957年

逃亡到香港。初時曾在夜校讀書，認識了倪夫人——李果珍女士。倪匡最初在染廠裏做雜工，並開始投稿《真報》，後被《真報》錄用，先後任工友、校對、助理編輯、記者與政論專欄作家（筆名為衣其）。

1957年末

在《工商日報》發表第一篇小說《活埋》，內容是有關「中共的土改」。同年也在該報發表第一篇散文《石縫中》，及創作了背景為蒙古草原的愛情小說《呼倫池的微波》。

1958年

開始創作武俠小說，以「岳川」為筆名。早期作品包括女黑俠木蘭花、浪子高達的故事、神仙手高飛的故事以及六指琴魔等。

1959年

倪匡與李果珍女士結婚，現有一女（倪穗）、一子（倪震）。

1960年代末

武俠影片大行其道之際，倪匡開始從事劇本創作。

1962年

開始以「衛斯理」為筆名寫連載科幻小說，第一篇小說名為《鑽石花》，在《明報》副刊連載。

1972年

衛斯理系列小說《新年》發表後，倪匡暫停該系列小說的創作，時間長達六年。

1978年

衛斯理系列小說《頭髮》發表，被評為最受香港青年歡迎的小說。倪匡此後又回到了科幻小說的創作道路上。

1981年
開始發表《原振俠》系列。

1986年
信奉基督教，並受洗禮。

1986年
出版第一本科幻小説《鑽石花》（明報出版社）。

1987年
倪匡與梁小中、哈公、黃維樑、胡菊人、張文達等發起成立香港作家協會，並
出任會長。

1989年至1990年間
與黃霑和蔡瀾合作主持亞洲電視清談節目《今夜不設防》。

1992年
移居美國。

2006年
從美國返回香港。

2011年
加入香港小説會，成為榮譽會長。

2012年
獲得第31屆香港電影金像獎終身成就獎。

2018年
獲香港電影編劇家協會頒發編劇會銀禧榮譽大獎。

2019年
出席香港書展《無限時空中追尋無限未來——倪匡與衛斯理的科幻世界》對談講
座，為倪匡生前的最後一場公開活動。

2022年7月3日
於香港離世，享壽87歲。

倪匡傳：哈哈哈哈　（紀念版）

作　　者：　江　迅

封面題字：　倪　匡

出版經理：　周詩韻

編　　輯：　陳文威

校　　對：　石依琳

封面繪圖：　Cuson

封面設計：　Venus

內文設計及排版：陳賓娜

出　　版：　明窗出版社

發　　行：　明報出版社

　　　　　　香港柴灣嘉業街18號

　　　　　　明報工業中心A座15樓

電　　話：　2595 3215

傳　　真：　2898 2646

網　　址：　http://books.mingpao.com/

電子郵箱：　mpp@mingpao.com

版　　次：　二○二二年七月初版

ＩＳＢＮ　：　978-988-8687-78-7

承　　印：　美雅印刷製本有限公司

本書倪匡在美之家居照片承蒙友人提供，特此鳴謝。